W0470245

Dieses Buch ist ganz bewusst **einfach** und **verständlich** geschrieben. Denn auch der Herr Jesus redete **einfach** und **anschaulich**, sodass jedes Kind es verstehen konnte. Und wie sagten schon die alten Römer? *SIMPLEX SIGILLUM VERI*, das heißt: **Einfachheit** bestätigt **Wahrheit**!

Inhalt

Hirten&Lehrer

Der von Gott dazu beauftragte **Paulus** sendet Briefe an sieben Gemeinden in Rom, Korinth, Galatien, Ephesus, Philippi, Kolossä und nach Thessalonich.

Um diese Schriften geht es in diesem Buch.

Wir Gläubige sind *Schafe* des großen **Hirten** (**Hebr 13,20**) und *Schüler* des einen **Lehrers** (**Joh 13,13**) – Jesus Christus.

Auch für Gottes Herzstück, die Gemeinde, setzt er **Hirten** und **Lehrer** ein. In **Epheser 4,11** heißt es: »Er hat die einen gegeben als Apostel und andere als Propheten … als Evangelisten und andere als **Hirten** und **Lehrer**.«

Hirten und **Lehrer** *leiten* und *lehren* bis heute in seinem Auftrag die Gemeinde. In diesen Briefen werden Gottes großartige Gedanken über das Geheimnis der christlichen Gemeinde *gelehrt* und beschrieben, wie wir sie *befolgen* sollen.

Das Alte Testament

Gesetz

1. Mose
Hier fängt alles an: unsere Erde, die Familie, die Sünde und der Rettungsplan Gottes. Das Volk Israel entsteht.

2. Mose
Gott befreit Israel aus Ägypten. Er schließt mit Israel einen Bund, gibt Gebote und Pläne für sein Haus.

3. Mose
Gott erklärt, welche Opfer nötig sind, was Priester zu tun haben und was Israel im Alltag beachten soll.

4. Mose
Die Israeliten erleben auf der Wüstenreise viele Abenteuer. Sie lernen sich und Gott kennen.

5. Mose
Mose wiederholt die Zehn Gebote und die Gesetze, bevor er stirbt und das Volk seine neue Heimat betritt.

Geschichte

Josua
Josua wird Anführer. Mit Posaunen wird Jericho erstürmt. Damit beginnt die Eroberung Kanaans.

Richter
Israel vertreibt die Bewohner Kanaans. Es wird von Richtern regiert, von denen Simson besonders stark ist.

Ruth
Ruth und Boas, die Urgroßeltern von König David, lernen sich bei der Getreideernte kennen.

1. Samuel
Israel bekommt Saul als König. Der versagt. Sein Nachfolger David bewährt sich im Kampf.

2. Samuel
David wird König über ganz Israel. Doch rebellische Söhne machen ihm das Leben schwer.

1. Könige
König Salomo fängt gut an und hört schlecht auf. Darum wird das Land in Nord- und Südreich geteilt.

2. Könige
Israel wird erobert, später auch Juda. Der Tempel wird zerstört und Juda nach Babylon verschleppt.

1. Chronik
Israels Familiengeschichte bis zum ersten König Saul. David bereitet den Tempelbau vor.

2. Chronik
Der Tempel wird gebaut. Die meisten Könige von Juda gefallen Gott nicht. Ausnahmen sind Hiskia und Josia.

Esra

Nehemia

Esther

Poesie

Hiob
muss viel Schlimmes erleiden. Er ahnt noch nicht, dass er dabei zu einem großen Vorbild wird.

Psalmen
Lieder und Gebete. Darin geht es um: Freude und Klage, Not und Hilfe, Dank und Lob, Zweifel und Vertrauen.

Sprüche
Salomo und andere Lehrer zeigen in vielen Sprichwörtern den Schlüssel zu einem Leben, das Gott gefällt.

Prediger
Alles hat seine Zeit. Nur wer sich nach Gottes Maßstäben richtet, lebt sein Leben sinnvoll.

Hohelied
König Salomo besingt die Liebe zwischen einer Braut und ihrem Geliebten.

Grosse …

Jesaja
kündigt Gottes gerechte Strafe an. Aber er zeigt auch das *Lamm Gottes*, das die Strafe auf sich nimmt.

Jeremia
warnt das Volk in Gottes Auftrag. Doch niemand will auf diesen Boten hören.

Klagelieder
Jeremia weint über die Zerstörung Jerusalems und bittet Gott um Trost und Hilfe.

Hesekiel
warnt davor, gegen Gottes Gebote zu verstoßen. Einmal wird Gott seinem Volk ein neues Herz geben.

Daniel
bleibt Gott auch in Babylon treu. Gott teilt ihm mit, was in der Zukunft geschehen wird.

& kleine Propheten

Hosea
hat eine untreue Ehefrau. Gott zeigt, dass es ihm mit Israel genauso geht.

Joel
schildert Gottes Gericht als Heuschreckenplage. Doch es gibt Hoffnung.

Amos
zeigt, dass Gott frommes Getue hasst. Wer kümmert sich um Arme?

Obadja
warnt: Die stolzen Edomiter werden wie ein Strohfeuer vergehen.

Jona
lernt in der Not, dass kein Mensch vor Gott davonlaufen kann.

Micha
verheißt: Der Retter wird aus dem kleinen Ort Bethlehem kommen!

Nahum
kündigt die endgültige Zerstörung der Stadt Ninive an.

Habakuk
versteht Gottes Handeln nicht, aber er wartet dennoch auf ihn.

Zephanja
ruft Götzenanbeter zur Buße. Alle Welt wird Gott anbeten.

Haggai
macht Mut, den Gottesdienst wieder zu beginnen.

Sacharja
sagt einen demütigen König voraus, der Frieden bringt.

Maleachi
prophezeit einen Wegbereiter, der Gott freie Bahn machen wird.

Die **KLAGELIEDER** von **JEREMIA** sind auch lila eingefärbt weil sie eher in die **poetische** als in die **prophetische** Spalte passen.

Die drei Bücher **ESRA**, **NEHEMIA** und **ESTHER** gehören zeitlich ganz ans Ende des Alten Testaments. Sie wurden erst geschrieben, als die Juden nach 70 Jahren Gefangenschaft aus Babylon zurückgekehrt waren.

Auch die Propheten **HAGGAI**, **SACHARJA** und **MALEACHI** lebten genau zu dieser Zeit. Deshalb sind sie etwas hellblau gefärbt.

Geschichte

Esra
kehrt mit einigen Juden aus der Babylonischen Gefangenschaft zurück.

Nehemia
lässt die Stadtmauer von Jerusalem wieder aufbauen.

Esther
kann verhindern, dass der böse Haman die Juden ausrottet.

Das Neue Testament

GESCHICHTE

MATTHÄUS
Die Ankunft des versprochenen Königs. Jesus ist der Sohn Davids. Seine bekannteste Rede hält er auf einem Berg.

MARKUS
Die Geschichte des Herrn Jesus. Er tut viele Wunder, er stillt einen Sturm. Trotz seiner Macht kam er, um zu dienen.

LUKAS
Die Geschichte des Herrn Jesus. Er wird als Außenseiter geboren, ist lebenslang arm und macht doch viele reich!

JOHANNES
Die Geschichte des Herrn Jesus. Er ist der Sohn Gottes, der aus dem Himmel kommt. Wer an ihn glaubt, hat ewiges Leben!

APOSTELGESCHICHTE
Der Heilige Geist kommt und die Geschichte der Mission beginnt. Viele glauben der frohen Botschaft.

PAULUSBRIEFE

RÖMER
Das Volk Gottes ist wie ein Ölbaum. Seit Jesus können auch Nichtjuden dazugehören. Die frohe Botschaft gilt für alle.

PHILIPPER
Paulus schreibt aus dem Gefängnis. Trotzdem macht er Mut, sich in jeder Lage zu freuen. Das ist möglich wegen Jesus.

2. TIMOTHEUS
Am Ende seines Lebens fasst Paulus zusammen, worauf Timotheus bei der Gemeinde-leitung achten soll.

1. KORINTHER
Die Gemeinde soll sich nicht streiten. Sie bekommt wichtige Regeln für ihr Leben in der Gemeinde und zu Hause.

KOLOSSER
Der Herr Jesus ist wie ein Schatz. Wer ihn findet, hat alles, was man als Christ braucht. In ihm hat Gott sich uns mitgeteilt.

TITUS
Wertvolle Hinweise für Titus, wie er die Gemeinde auf der Insel Kreta leiten und was er über das Christsein lehren soll.

2. KORINTHER
Paulus verteidigt sich gegenüber falschen Aposteln und erzählt sehr persönliche Dinge aus seinem Leben.

1. THESSAL.
Jesus wird bald wiederkommen! Wer dann lebt und zu ihm gehört, wird ihm auf Wolken entgegengeführt.

PHILEMON
Paulus setzt sich bei Philemon für dessen geflohenen Sklaven ein. Dieser Onesimus ist nämlich Christ geworden.

GALATER
Christen müssen sich nicht an jüdische Vorschriften halten. Wer es dennoch tut, gibt seine Freiheit durch Jesus auf.

2. THESSAL.
Paulus ermutigt verfolgte und leidende Christen. Sie sollen durchhalten, bis Jesus kommt, wenn es auch lange dauert.

EPHESER
Christen sind Mitbewohner im Himmel. Gegen die Angriffe des Teufels gibt es für sie eine Waffenrüstung.

1. TIMOTHEUS
Timotheus soll die Gemeinde hüten wie ein Hirte. Dazu gehört auch, sie vor Irrlehrern zu beschützen.

Beim **HEBRÄER**-Brief ist es nicht sicher, wer ihn geschrieben hat. Es steht nirgendwo ein Absender. Manche vermuten, es war Paulus.

HIRTENBRIEFE

JAKOBUS
Gottes Wort ist wie ein Spiegel. Nur reingucken verändert uns nicht! Das Leben als Christ muss sich zeigen.

1. PETRUS
Leidende Christen werden ermutigt, Jesus treu zu bleiben und zu leben, wie es ihm gefällt. Die Hoffnung macht's möglich.

2. PETRUS
Voraussagen aus dem Alten Testament bringen Licht ins Dunkel. So finden wir Orientierung für unser Leben heute.

1.–3. JOH.
Wie Gott uns liebt, sollen wir andere lieben. Je näher wir der Mitte (Gott) sind, desto näher sind wir auch einander.

HEBRÄER
Ermutigung für Verunsicherte: Die Entscheidung für Jesus war richtig, denn er hat alle Zusagen des Alten Testaments erfüllt.

JUDAS
Warnung vor Leuten, die falsche Sachen über Gott sagen und unmoralisch leben. Wir sollen an Gottes Wort festhalten.

ZUKUNFT

OFFENBARUNG
Jesus gibt Johannes Einblicke in die Zukunft. Gott wird die Welt richten, die Christen retten und eine neue Erde schaffen.

Das sind unsere BIBEL-DURCHBLICKER-RUBRIKEN auf einen Blick …

Schriftsteller | WER SCHRIEB DAS BUCH?

An dieser Stelle findest du, wer (wahrscheinlich) der **Verfassser** des betreffenden Bibelbuches ist.

Schlüsselstelle | WAS IST DER KERN?

Was ist die wichtigste Botschaft in dem betreffenden Bibelteil? Nimm den **Kernvers** als Schlüssel.

Ankerpunkt | WAS HAT ES BEWIRKT?

Du bist nicht der Erste, der die Bibel entdecken will. Viele haben wunderbare Erfahrungen mit Gottes Wort gemacht. Im **Ankerpunkt** findest du packende Beispiele, wie Bibelleser echten Halt und Hilfe fanden.

Uuups | WAS WIRD OFT MISSVERSTANDEN?

Beim Lesen der Bibel kommen manche ins Schleudern. Stimmt es, dass Adam einen Apfel aß, der ihm im Hals stecken blieb? Es gibt viele falsche Behauptungen und Verwechslungen. Lies **Uuups** und du weißt Bescheid.

Spezialauftrag | WAS KANN ICH TUN?

Die Bibel ist kein totes Buch, sondern eine Gebrauchsanweisung zum Leben. Sei nicht nur Hörer, sondern **Täter** – nicht nur *Leser* sondern *»Leber«* der Bibel. Was du tun kannst, findest du im **Spezialauftrag**.

Ballonflug | WIE KRIEGE ICH DEN ÜBERBLICK?

Du hast erst wenig Ahnung von der Bibel? Dafür gibt es den **Ballonflug**. Gewinne einen ersten Überblick durch eine leicht verständliche Gliederung des Bibelbuchs.

Spatenstich | WAS WURDE AUSGEGRABEN?

»Die Geschichten der Bibel sind doch nur ausgedacht.« Das behaupten viele, die keine Ahnung haben. Tatsächlich gibt es viele gute Gründe, die für die Zuverlässigkeit der Bibel sprechen – z. B. archäologische Fundstücke. Ein paar historische Spuren findest du im **Spatenstich**.

Schattenwurf | WORIN ENTDECKE ICH JESUS?

Das Alte Testament kündigt ein großes Geheimnis an: An vielen Stellen wird das Kommen von Jesus Christus vorausgesagt! Der **Schattenwurf** hilft bei der Spurensuche.

Checkpoint | WAS HABE ICH BEHALTEN?

Hat dir das Lesen in diesem Buch etwas gebracht? Was ist hängen geblieben? Mach den Selbsttest und versuch, die Fragen am **Checkpoint** zu beantworten. Leg in jedem Fall immer deine offene Bibel neben das Durchblickerheft. Dann hast du den größten Gewinn.

Paulusbriefe – wo und wann sie geschrieben wurden

Bei seinen weiten Missionsreisen blieb **Paulus** dennoch in Kontakt mit Gemeinden und Mitarbeitern. Hier kannst du sehen, von wo aus er seine Briefe an Glaubensgeschwister losgeschickt hat.

PAULUS schrieb seine Briefe in der *Koine* – so nennt man die griechische Umgangssprache der damaligen Zeit.

Der Anfang von Johannes 3,16 als Koine-Handschrift

Schriftsteller

WER SCHRIEB DEN BRIEF?

Paulus schreibt an seinen jungen Mitarbeiter **Timotheus**: *„Du aber bleibe in dem, was du gelernt hast und wovon du völlig überzeugt bist, da du weißt,* ***von wem*** *du gelernt hast“* (**2Tim 3,14**). Auch für uns ist es nützlich herauszufinden, wer den jeweiligen Bibelteil verfasst hat. Dadurch kriegen manche Texte ein Gesicht – eine persönliche Note.

Schlüsselstelle

WAS IST DER KERN?

Der bekannteste Satz aus Asterix ist: *„Die spinnen, die Römer.“* Einer der wichtigsten Sätze in unserem Grundgesetz lautet: *„Die Würde des Menschen ist unantastbar!“* So hat auch jedes Einzelbuch der Bibel eine Zentralaussage, die den **Hauptgedanken** zusammenfasst. Diesen Kernsatz findest du unter der Schlüsselstelle. Es lohnt sich, wenn du diese Verse auswendig lernst und behältst!

Forscht nach im Buch des HERRN und lest! Es fehlt nicht eins von diesen, keins vermisst das andere.

Ballonflug

WIE KRIEGE ICH DEN ÜBERBLICK?

Natürlich ist der Inhalt der Bibel (oder auch nur eines Bibelteils) zunächst unüberschaubar. Dann wechsle mit uns aus der Frosch- in die **Vogelperspektive**. Wir nehmen dafür einen Ballon, denn der bewegt sich angenehm langsam. Nimm dir etwas Zeit, diese **Gesamtschau** zu genießen und nachzuvollziehen. Blättere die Bibelstellen ruhig nach. Mit diesem Überblick gelingt dir eine erste Orientierung.

Ankerpunkt

WAS HAT ES BEWIRKT?

Welche Worte haben die Schärfe, harte Herzen zu durchdringen? Welches Buch der Weltgeschichte kann mit nur einem Satz ein ganzes Leben umkrempeln? Das kann nur Gottes Buch, die Bibel (**Hebr 4,12**)! Im Ankerpunkt findest du Beispiele von **Bibelversen**, die sehr konkret zu Menschen geredet und ihr Leben für immer **verändert** haben. Lass die Zusagen, die Gott dir macht, auch zu deinem persönlichen Ankerpunkt werden!

Denn mein Mund, er hat es geboten; und sein Geist, er hat sie zusammengebracht …

(**Jes 34,16**)

Uuups

WAS WIRD OFT MISSVERSTANDEN?

Mit dieser Rubrik wollen wir verbreitete Missverständnisse ausräumen. Es gibt unzählige Vorurteile und falsche Annahmen zur Bibel. So denken z. B. manche: *„Adam aß einen Apfel – und dieser Bissen blieb ihm im Halse stecken. Der wurde dann zum Adamsapfel."* Aber steht das wirklich in der Bibel? Es ist sehr zu empfehlen, dass du immer alle Bibelstellenangaben nachschlägst und selber überprüfst. Wenn da nur Zahlen stehen (**1,45**), bezieht sich diese Angabe auf das Buch, das in dem betreffenden Kapitel behandelt wird.

Checkpoint

WAS HABE ICH BEHALTEN?

Weil unser Gedächtnis oft wie ein Sieb ist, erwartet dich nach jeder Lektion ein Selbsttest: Kannst du **Rätselfragen** zum Text zutreffend beantworten? Blättere in der Bibel nach und versuche die passenden Antworten zu finden. So bist du gezwungen, dich selbst mit dem Wort Gottes zu befassen. Dabei wirst du eigene Entdeckungen machen.

Schattenwurf

WORIN ENTDECKE ICH JESUS?

Große Ereignisse werfen ihre Schatten voraus – wie viel mehr die großartigste Person! **Jesus Christus** gibt uns einen **Forschungsauftrag**: Er behauptet, dass schon im Alten Testament von ihm geschrieben steht, was es von uns zu entdecken gilt (**Joh 1,45; 5,39**). Mach dich auf die Suche und du wirst ihn finden, denn *„der Geist der Weissagung ist das Zeugnis Jesu!"* (**Offb 19,10**).

Spatenstich

WAS WURDE AUSGEGRABEN?

Der Forscher Bryant Wood sagt: *„Archäologie ist ein wunderbares Werkzeug, das uns helfen kann, unsere Bibel zu verstehen. Aber wenn es zu der wirklichen Botschaft der Bibel kommt, dann ist dies eine Angelegenheit des persönlichen Glaubens."* Noch so viele Hinweise sind noch keine Beweise. Wir müssen Gottes Wort vertrauen! Dennoch hat vielerorts der Spaten der Archäologen Erstaunliches zutage gefördert und verschollene Orte der Bibel zu neuem Leben erweckt.

Römer

Das Volk Gottes ist wie ein Baum. Seit Jesus können auch Nichtjuden dazugehören. Dieses Geschenk bietet Gott jedem an.

In der Bibel finden wir eine Reihe von Briefen aus der Zeit der ersten Christen. Sie sind nicht in chronologischer Reihenfolge, sondern der Länge nach sortiert. An erster Stelle steht der **Römerbrief**, weil er grundlegend ist.

„Er öffnet uns die Tür zu den geheimen Schätzen der Schrift!“ (Johannes Calvin)

Hier beantwortet uns Gott die uralte Frage von Hiob: *„Wie könnte ein Mensch gerecht sein vor Gott?“* (**Hi 9,2**)

Kann man tatsächlich mit Gott ins Reine kommen?

Auf Paulus' Visitenkarte war das Wort »Knecht« fett gedruckt.

Schriftsteller

WER SCHRIEB DEN BRIEF?

Paulus. Er nennt seinen Namen zu Anfang (**1,1**). Sein Mitarbeiter **Tertius** diente ihm als Schreiber beim Abfassen des Briefes (**16,22**).

Mosaikporträt von Paulus ca. 500 n.Chr

Schlüsselstelle

WAS IST DER KERN?

Denn ich schäme mich des **Evangeliums** nicht, denn es ist Gottes Kraft zum Heil jedem Glaubenden, sowohl dem Juden zuerst als auch dem Griechen. Denn Gottes Gerechtigkeit wird darin offenbart aus Glauben zu Glauben, wie geschrieben steht: *„Der Gerechte aber wird aus Glauben leben.“* (**1,16-17**)

Ballonflug

WIE KRIEGE ICH DEN ÜBERBLICK?

Der Römerbrief entfaltet Gottes großen Heilsplan:

In 16 Kapiteln wird Schritt für Schritt und systematisch die Botschaft von Gottes Gnade entrollt. Paulus lehrt uns, was das Evangelium, die Heilsbotschaft, bedeutet:

Gott bringt *Seine* Gerechtigkeit und *unsere* Ungerechtigkeit zusammen (**1,17-18**; **3,10**) – und zwar durch den stellvertretenden Tod von **Jesus Christus** am Kreuz. Nur er macht uns gerecht vor Gott. Er befreit uns von unserer Schuld. In Jesus begegnen wir dem gnädigen Gott.

Zuerst zeigt der Brief, dass alle Menschen ohne Ausnahme vor Gott schuldig sind. (**1-2**)

Dann wird uns die Befreiung von der Macht der Sünde vor Augen gemalt. (**3-8**)

Ausführlich wird auch über Gottes Absichten mit Israel gesprochen. (**9-11**)

Am Ende schreibt Paulus, welche Auswirkung das alles in unserem Alltag haben muss. (**12-16**)

In 16 Kapiteln wird das Evangelium entfaltet.

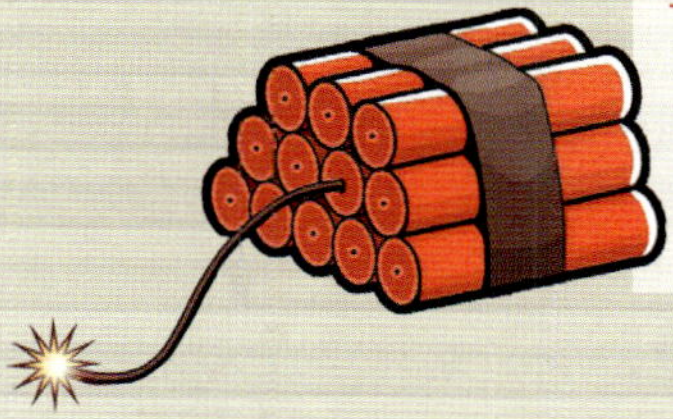

Was ist das Evangelium?

In*froh*mation von Gott!

Es ist die Kraft (wörtl. *das Dynamit)* Gottes! (**1,16**)

Ballonflug

WIE KRIEGE ICH DEN ÜBERBLICK?

8 Kapitel zur LEHRE

Kap. 1-2: gesündigt
Die Schuld aller Menschen wird klar nachgewiesen.

Kap. 3-5: gerechtfertigt
Die Rettung (Gerechtigkeit) kommt durch Jesus Christus.

Kap. 6-8: geheiligt + gewiss
Kampf und Überwindung in der Glaubensgerechtigkeit.

3 Kapitel über ISRAEL

Kap. 9: Gottes Allmacht
Warum musste das Volk Israel verworfen werden?

Kap. 10: Gottes Rettung
Nur wer dieser Botschaft glaubt, wird auch gerettet.

Kap. 11: Gottes Treue
Auch das Volk Israel hat noch eine große Zukunft.

5 Kapitel PRAKTISCHES

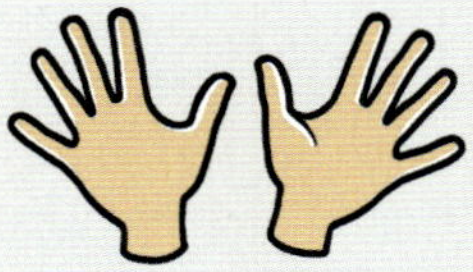

Kap. 12.: unsere Antwort
Viele praktische Anweisungen für das Leben als Christ.

Kap. 13.: unsere Außenwelt
Wie leben wir als Staatsbürger? Wie nutzen Christen ihre Zeit?

Kap. 14.: unsere Achtsamkeit
Mit Schwächen richtig umgehen, Stärkere müssen Rücksicht üben.

Kap. 15.: unsere Annahme
Christusgemäßes Zusammensein und weitere Pläne des Apostels.

*Paulus hatte schon »Tschüss!« gesagt (***15,33***); aber dann fügt er noch* **Kapitel 16** *an …*

Das Kolosseum in Rom ist das größte Amphitheater der Welt.

Spatenstich | WAS WURDE AUSGEGRABEN?

Beim »Graben« im Römerbrief stößt man gleich zu Beginn auf einen erstaunlichen Fund. Hier werden zwei Entwicklungen als Erkennungszeichen genannt, worin sich die Gottlosigkeit von uns Menschen besonders deutlich zeigt:

1,18-23 in der Missachtung des **Schöpfers**
(vgl. dazu das Thema Evolution)

1,24-32 in der Missachtung seiner **Ordnung**
(vgl. dazu das Thema Homosexualität)

Beides sind Kennzeichen unserer modernen Zeit! Wie konnte der Apostel Paulus von der Aktualität dieser beiden Themen so lange im Voraus wissen? Es ist unglaublich, dass ein fast 2.000 Jahre alter Brief für unsere Zeit so ins Schwarze trifft.

Der Schöpfer wird geleugnet und seine Anordnungen als unzeitgemäß verworfen.

Das **Einpfropfen** ist eine uralte Kulturtechnik. Sie ist mindestens seit dem 4. Jhdt. v. Chr. bekannt: Man transplantiert dabei einen Pflanzentrieb auf eine andersartige Wirtspflanze. Die beiden wachsen dann fest zusammen. Das Ziel ist eine Veredelung. Ein fruchtbarer Trieb wird auf einen weniger fruchtbaren Stumpf eingepfropft.

In **Römer 11** spricht Paulus aber bildhaft davon, dass wir Heiden wie wilde Zweige in einen wertvollen Ölbaum eingepfropft wurden. Hier wird der Sinn des Einpfropfens auf den Kopf gestellt: Unedles wird in Edles eingesetzt!

Wir Heiden erhalten so Anteil an den verheißenen Segnungen Abrahams und dem geistlichen Erbe Israels.

Schattenwurf

WORIN ENTDECKE ICH JESUS?

Römer 10,21: *»Den ganzen Tag habe ich meine Hände ausgestreckt nach einem ungehorsamen und widerspenstigen Volk.«*

Erfüllte sich dieses Zitat aus **Jesaja 65,2** nicht buchstäblich am Kreuz?

Schattenwurf

WORIN ENTDECKE ICH JESUS?

Schon im AT sagt Gott: „Dieses Gebot, das ich dir heute gebiete, ist *nicht* zu wunderbar für dich und ist *nicht* **fern**. Es ist *nicht* im Himmel, dass du sagen könntest: Wer wird für uns in den Himmel steigen und es uns holen …? Und es ist *nicht* **jenseits** des Meeres, dass du sagen könntest: Wer wird für uns jenseits des Meeres hinüberfahren und es uns holen …? Sondern **sehr nahe** ist dir das Wort, in deinem Mund und in deinem Herzen, damit du es tust." (**5Mo 30,11-14**)

Dennoch fragten sich Juden in ihrem frommen Leistungsdenken:

- Wer wird in den Himmel **hinauf**steigen? (**Röm 10,6**)
- Wer wird in den Abgrund **hinab**steigen? (**Röm 10,7**)

Sie erkannten das *(un)*fassbare Angebot des bereitstehenden „Lammes Gottes" nicht. Das Wort wurde Fleisch *(so wie wir)* und wohnte unter uns (**Joh 1,14**). Seitdem ist es dir ganz nah … (**Röm 10,8**).

Gott verlangte nie einen **Adler** als Opfer, den man aus der Höhe fangen müsste.

Gott erwartete nie einen **Aal** als Opfer, den man aus der Tiefe fischen müsste.

Er bestimmte für uns ein **Lamm**, das ganz zutraulich und uns Menschen nahe lebt.

Gott ist nicht auf einer fernen Pilgerfahrt nach Rom, Mekka, Utah oder Tibet zu finden, sondern in seinem Sohn kommt er uns ganz nah (**Apg 17,27**).

Uuups

WAS WIRD MISSVERSTANDEN?

Widersprechen sich **Paulus** und **Jakobus** in ihren Briefen? (**Römer 3,21ff.**; **Jakobus 2,14ff.**) **Paulus** spricht von *Gesetzeswerken* (**3,20+26; Gal 2,16**), durch die jemand versucht, vor Gott gerecht zu werden. Das geht aber nicht! **Jakobus** spricht von der *Auswirkung*, die wahrer Glaube haben wird. Er betont: Echter Glaube wird sich sich zeigen. **Paulus** stimmt mit **Jakobus** überein: Wahrer Glaube wird sich in der Liebe auswirken (**Gal 5,6**).

Gott liebt uns nicht erst, wenn **wir uns ändern**, sondern Gottes Liebe **wird uns verändern**!

Der Cäsar in Rom tritt etwas los, was eine Generation später wieder in Rom ankommt …

DER Bumerang DES CÄSARS

Der Bericht von **Lukas** spannt einen weiten Bogen von der Ankunft des **Erlösers** in **Israel** bis zu der Ankunft des **Evangeliums** in **Rom**.

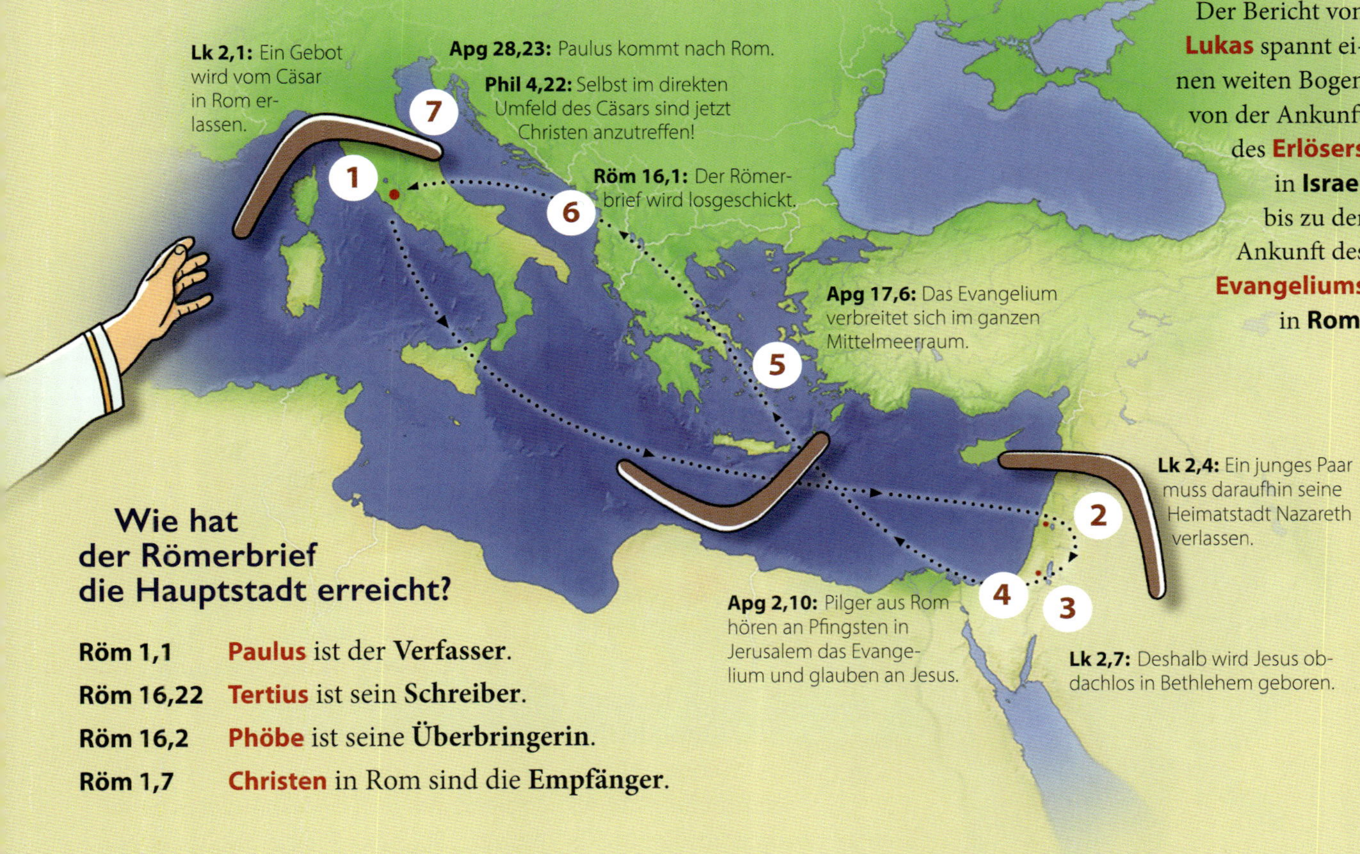

Wie hat der Römerbrief die Hauptstadt erreicht?

Röm 1,1	**Paulus** ist der **Verfasser**.
Röm 16,22	**Tertius** ist sein **Schreiber**.
Röm 16,2	**Phöbe** ist seine **Überbringerin**.
Röm 1,7	**Christen** in Rom sind die **Empfänger**.

Maria trägt neun Monate Jesus unter ihrem Herzen.
Josef trägt ihn auf dem Arm rasch weg von Herodes. ► **Mt 2,14**
Sie finden keinen Raum in der Herberge. ► **Lk 2,7**
Die Hoffnung Israels wurde abgelehnt. ► **Apg 28,20**

Phöbe trägt den Brief bis in die damalige Welthauptstadt.
Paulus trägt Jesu Namen vor Statthalter und Könige. ► **Lk 21,11**
Gottes Bote findet eine Herberge in Rom. ► **Apg 28,23**
Die Nationen nehmen Jesus auf. ► **Apg 28,28**

Pixabay: Kirchenfenster in Brüssel

Ganz am **Anfang** und am **Ende** des Römerbriefs wird die Bedeutung der **Heiligen Schrift** – bestehend aus dem **Alten** und dem **Neuen** Testament – betont! Deshalb sollten wir **beide** Teile sehr schätzen!

AT = Gott hat das Evangelium durch seine Propheten in **heiligen Schriften** zuvor **verheißen** (**Röm 1,2**).

Ankerpunkt

WAS HAT ES BEWIRKT?

Augustinus *(354-430)* führte ein wildes, unmoralisches Leben. Als Jugendlicher schloss er sich einer Straßenbande an. Als Student hatte er ein uneheliches Kind. Am 15. August 386 wurde ihm sein Elend bewusst, er legte sich weinend unter einen Baum und betete. Da hörte er eine Kinderstimme, die rief: *„Nimm, lies!“* Er nahm sich vor, die Bibel aufzuschlagen und die Stelle zu lesen, auf die sein Blick als Erstes fallen würde. Das war **Römer 13,13-14**: *„Lasst uns anständig wandeln wie am Tag, nicht in Fressen und Saufen, nicht in Unzucht und Ausschweifungen, nicht in Streit und Neid; sondern zieht den Herrn Jesus Christus an und pflegt das Fleisch nicht bis zur Erregung von Begierden!“* Das erschütterte sein Innerstes. Augustinus gab sein verkommenes Leben auf. Er lieferte sich völlig Gott aus. Tiefe Freude strömte in sein Herz. Sein Leben wurde komplett umgekrempelt und Gott machte aus ihm den bekannten Lehrer der Kirche.

NT = Jetzt ist das Geheimnis des Evangelium **offenbart** durch **prophetische Schriften** (**Röm 16,25.26**).

Der schwedische Botaniker **Lars Levi Lästadius** *(1800-1863)* wuchs in bitterer Armut auf. Später wurde er zum Forscher und größten Kenner der arktischen Pflanzenwelt. Als sein Kind starb und er selber schwer krank wurde, zweifelte er an Gott und wurde verbittert und hart.

Auf seinen Forschungsreisen im finnischen Lappland stieß er auf **Milla Clementsdotter**. Dieses junge Mädchen strahlte so tiefen Frieden aus, dass Lars sie fragte: *„Woher hast du so einen tiefen Frieden?“*

Milla antwortete: *„Als unverdientes Geschenk durch Gottes Sohn am Kreuz, wie es im Römerbrief steht: ›Da wir gerecht wurden aus Glauben, erhielten wir Frieden mit Gott durch unseren Herrn Jesus Christus.‹* **Römer 5,1**.“

„Damit kann ich nichts anfangen!“, meinte Lars. *„Wie kannst du diesen Frieden spüren?“* – Milla antwortete ohne Zögern: *„Ich kann zu allem, was Gott schickt, fröhlich Ja sagen!“*

Milla vermittelte Lars den lebendigen Glauben und die unverdiente Vergebung. Da erst begriff der bitter Gewordene das Evangelium von der Gnade Gottes. Er wurde ein gesegneter Erweckungsprediger. 1845 kam es zu einer Erweckung, die ganz Lappland erfasste. Lars Levis Lästadius’ segensreicher Dienst brachte ihm später den Beinamen *»Apostel der Lappen«* ein.

Checkpoint

WAS HABE ICH BEHALTEN?

Wenn du hier alles richtig ausfüllst, trifft du 16-mal auf das O aus dem Römerbrief.

Deshalb bist du nicht zu entschuldigen, […] Mensch (**2,1**)

und […] der Tod zu allen Menschen durchgedrungen ist (**5,12**)

Paulus will das Evangelium auch in […] verkündigen (**1,15**)

Siehe, ich lege in […] einen Stein des Anstoßes (**9,33**)

wären wir […] u. Gomorra gleich geworden (**9,29**)

[…] Griechen als Barbaren, […] Weisen … (**1,14**)

Sodom und […] gleich geworden (**9,29**)

Grüßt […], meinen Verwandten. (**16,11**)

Römer 8,28 ist ein zentrales […]

Grüßt […] und Julia (**16,15**)

Lösungswort:

Wer darf laut **Römer 8,28** sicher wissen, *„dass denen, die Gott lieben, alles zum Besten dient"*?

16 Kapitel im Römerbrief:

16 x *Rechtfertigung / gerechtfertigt*

16 x *»wie geschrieben steht« bzw. »es steht geschrieben«*

16 x beantwortete Fragen

Uuups
WAS WIRD OFT MISSVERSTANDEN?

Der Sündenfall wird *nur* Adam angelastet (**5,12**). Warum wird Eva nicht erwähnt?

Adam ist als *Haupt* hauptverantwortlich. Adam und Eva sind »der erste Mensch«.

Genauso sieht Gott den, der glaubt, *nur* in Christus (**5,15**), dem »zweiten Adam«.

Ankerpunkt
WAS HAT ES BEWIRKT?

Die Niederländerin **Corrie ten Boom** *(1892-1983)* erkannte auf einer Deutschlandreise eine Aufseherin wieder, die 1944 zu ihrer sterbenden Schwester Betsie sehr grausam gewesen war. Dennoch konnte Corrie der damaligen KZ-Wächterin von Ravensbrück vergeben. Woher hatte Corrie diese Kraft? *»Ich nahm dazu* **Römer 5,5** *für mich in Anspruch: Ich danke dir, dass deine Liebe in mir stärker ist als mein Hass und meine Bitterkeit.«*

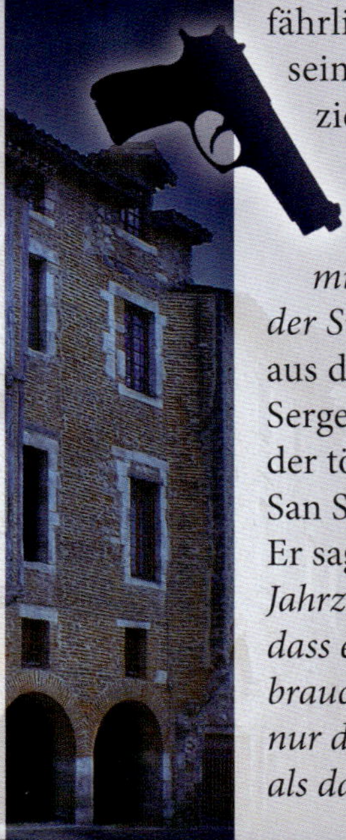

Sergeant **Jonny Flores** ist Polizist bei einer Spezialeinheit in San Salvador, der Hauptstadt von El Salvador. Jeden Tag hat er es mit blutigen Bandenkriegen zu tun. Drogengangs ballern wild um sich. Jährlich sterben an die 4000 Menschen bei Schießereien, pro Tag etwa 11 Tote!

Der 51-jährige versucht die Bevölkerung zu schützen und Banditen außer Gefecht zu setzen. Jonny ist werktags **Polizist**, aber sonntags **Prediger** in einer kleinen Gemeinde. Als ihn Reporter besuchen, um über seinen gefährlichen Beruf zu berichten, legt er seine Dienstwaffe aus der Hand und zieht seine Bibel hervor.

»Das Gesetz des Geistes des Lebens in Christus Jesus hat mich freigemacht von dem Gesetz der Sünde und des Todes«, zitiert er aus dem Römerbrief (**Kapitel 8,2**). Sergeant Flores ist ganz getrost – trotz der tödlichen Gewalt auf den Straßen San Salvadors. Seit 1986 ist er Polizist. Er sagt: *»Unser kaputtes Land ist nach Jahrzehnten der Gewalt so tief verletzt, dass es viel mehr als nur Polizeikräfte braucht, um hier zu heilen. Das kann nur die Liebe Jesu. Die ist viel stärker als das schreckliche Gesetz des Todes.«*

1. Korinther

Die Gemeinde Gottes soll sich nicht streiten. Die Korinther erfahren wichtige Regeln für ihr Zusammenkommen.

Korinth war eine verruchte Stadt. Die dortige Sittenlosigkeit war so krass, dass sich dafür in der Umgangssprache ein eigenes Wort bildete: *KORINTHIAZOMAI* = das besagte so viel wie: *„... so pervers drauf sein wie die Leute aus Korinth".*

*St. Paul schreibt an das **St. Pauli** Griechenlands.*

Schriftsteller

WER SCHRIEB DEN BRIEF?

Beide Korintherbriefe sind von **Paulus** geschrieben. (**16,21**) **Sosthenes**, der ehemalige Synagogenvorsteher von Korinth (**Apg 18,17**), war Mitautor (**1,1**).

Schlüsselstelle

WAS IST DER KERN?

1Kor 13,13 Nun aber bleibt **Glaube**, **Hoffnung**, **Liebe**, diese drei; die größte aber von diesen ist die **Liebe**.

Der 1. Korintherbrief ist sehr lebensnah:

Es geht um Probleme, Probleme, Probleme ...

- *Wie werden Schwierigkeiten im Miteinander ausgeräumt?*
- *Wie löst man konkrete Konflikte einer Ortsgemeinde?*
- *Wie setzen wir Verschiedenartigkeit gewinnbringend ein?*
- *Wie werden krasse Missetaten aus der Welt geschafft?*

Außerdem finden wir viele klare Anweisungen, wie unsere **Gottesdienste*** und unsere **Lebensführung**** der Vorstellung Gottes entsprechen.

* unser **Zusammenkommen** als **Diener Gottes**
** unser **Zusammenleben** als **Familie Gottes**

Korinth liegt an einer Landenge und hat nach beiden Seiten Häfen. Das machte die Stadt zu einer wichtigen Drehscheibe für den Überseehandel.

Wie jede Hafenstadt hatte Korinth eine bunt gemischte Bevölkerung. Viele waren ehemalige Heiden (**12,2**), andere Judenchristen (**Apg 18,8**). Ein Großteil der Gläubigen gehörte zur Unterschicht (**1,26**), nicht wenige waren Sklaven (**7,21**). Einige Geschwister besaßen etwas mehr (**11,22**; **16,2**). Sie stellten wohl den Raum für die Zusammenkünfte und für das gemeinsame Abendmahl zur Verfügung (**11,20.22**).

Der **RÖMERBRIEF** beantwortet die Frage:

- *Wie **werde** ich gerecht vor Gott?*

Gott ist gerecht und rechtfertigt den, der an Jesus Christus glaubt. (**Röm 3,26**)

Der **1. KORINTHERBRIEF** stellt die Frage:

- *Wie **lebe** ich gerecht als Christ?*

Wisst ihr nicht, dass Ungerechte das Reich Gottes nicht erben werden? (**1Kor 6,9**)

Ballonflug

WIE KRIEGE ICH DEN ÜBERBLICK?

Kap. 1-10

Beseitigung von Misständen

Spaltungen; Zwietracht; Menschenverehrung; Gerichtsprozesse; uvm.

Kap. 11-16

Anordnungen gegen Unordnung

Dienst von Schwestern und Brüdern; das Mahl des Herrn; Gnadengaben und Ordnung im Gottesdienst

Vier große Themen:

Kap. 1-4	Weisheit
Kap. 5-7	Sexualität
Kap. 8-14	Anbetung
Kap. 15	Auferstehung

Wikimedia Commons

Hinweistafel aus der Zeit von Kaiser Augustus, wer für den Bau des Markts in Korinth Geldgeber war.

Spatenstich

WAS WURDE AUSGEGRABEN?

Der Fleischmarkt von Korinth: Die Griechen brachten ihren Gottheiten Tieropfer dar (in der Regel nur die ungenießbaren Stücke). Ein Großteil an Fleisch blieb also zum Verkauf bzw. Verzehr übrig. Dieses Fleisch wurde entweder in Tempel gegessen oder gelangte auf den Fleischmarkt *(macellum)*. Das war eine überdachte Säulenhalle, die in Korinth im Nordosten des Forums lag. Man fand eine Hinweistafel aus der Regierungszeit von Kaiser Augustus, wer damals für den Bau des *macellum* in Korinth Geld gestiftet hat.

Auf diesem Markt gab es auch normales, neutrales Fleisch zu kaufen. Nun beschäftigte die Christen die Frage: Darf man als Christ dort Fleisch kaufen? Es hatte ja womöglich mit der Verehrung fremder Götter zu tun. Paulus empfiehlt, Fleisch vom Fleischmarkt zu essen und ebenso Fleisch zu essen, wenn man bei jemandem zum Gastmahl eingeladen ist. Nur die Teilnahme an den Tempelmahlzeiten war verboten (**1Kor 10,23 – 11,1**).

Denn wir sehen jetzt mittels eines ***Spiegels****, undeutlich …* (**13,12**)

Als das NT aufgeschrieben wurde, kannte man noch keine **Glasspiegel**. Stattdessen nutzte man polierte **Metallbleche**, in denen man sich nur undeutlich erkennen konnte.

Handspiegel aus der Römerzeit

In dem Vergleich von Paulus geht es darum: Zwei Personen stehen vor einem Metallspiegel. Der eine betrachtet erst nur das unscharfe Spiegelbild. Doch dann wendet er seine Augen von dem Spiegel ab und blickt in das Gesicht des anderen, der ihn die ganze Zeit schon direkt angesehen hat. Erst jetzt sieht auch er klar und erkennt den anderen so, wie er selbst erkannt worden ist.

Griechin mit Handspiegel

Uuups

WAS WIRD OFT MISSVERSTANDEN?

Bitte täusche dich nicht in einem sehr wichtigen Punkt. Gott warnt: „Oder wisst ihr **nicht**, dass **Ungerechte** das Reich Gottes **nicht** erben werden? Irrt euch **nicht**!

Weder **Hurer** noch **Götzendiener,** noch **Ehebrecher,** noch **Weichlinge,** noch **Knabenschänder,** noch **Diebe,** noch **Habsüchtige,** noch **Trunkenbolde,** noch **Schmäher,** noch **Räuber** werden das Reich Gottes erben.“ **(6,9-10)**

Korinthisches Säulenkapitell

10 x Uuups

IM 1. KORINTHERBRIEF

Wisst ihr **nicht**, dass …

… ihr Gottes **Tempel** seid und sein Geist in euch wohnt? **(3,16)**
… ein wenig **Sauerteig** den ganzen Teig durchsäuert? **(5,6)**
… die Heiligen **die Welt richten** werden? **(6,2)**
… wir (Gläubigen sogar) **Engel richten** werden? **(6,3)**
… **Ungerechte** das Reich Gottes nicht erben werden? **(6,9)**
… eure **Leiber** Glieder Christi sind? **(6,15)**
… der, welcher der **Hure** anhängt, ein Leib mit ihr ist? **(6,16)**
… euer **Leib** der Tempel des Heiligen Geistes ist? **(6,19)**
… (das Tempelpersonal) **aus dem Tempel essen** (darf)? **(9,13)**
… nur **einer** (der Wettläufer) den Preis empfängt? **(9,24)**

Ankerpunkt

WAS HAT ES BEWIRKT?

Dwight L. Moody *(1837-1899)* ist ein Beispiel dafür, wie Gott einen Menschen gebrauchen kann, von dem dies kaum jemand für möglich gehalten hätte:

Dwight konnte als Teenager nur mühsam lesen und schreiben. Mit 17 wurde er Schuhverkäufer. Dennoch machte Gott ihn zum bekanntesten Prediger in Amerika. Die Verse aus **1Kor 1,26-27** wurden sein Lebensleitspruch: *„Nicht viele Weise (…), Mächtige und Angesehene sind berufen, sondern was töricht ist vor der Welt, das hat Gott auserwählt!“*

Einmal flüsterte ihm ein Gemeindeleiter nach Moodys Predigt zu: *„Halt besser den Mund, damit kannst du Gott den größten Dienst erweisen und uns den größten Gefallen tun.“* Moody machte einfach zu viele Grammatikfehler. Aber er antwortete nur gutmütig: *„Ich weiß, dass ich viele Fehler mache, aber ich gebe Gott mein Bestes mit den Mitteln, die ich habe. Sehen Sie, mein Lieber: Ihre Grammatik ist perfekt, aber was tun Sie damit für unseren Herrn?“*

„Wisst ihr nicht, dass die, die in der Rennbahn laufen, zwar alle laufen, aber ***einer*** *den Preis empfängt?"* (**1Kor 9,24**) Bei sportlichen Wettkämpfen zur Zeit von Paulus gab es einen **Siegeskranz** zu gewinnen. Die ersten Olympischen Spiele fanden im Jahr 776 v. Chr. statt. In der Antike gab es pro Wettkampf nur **einen** Sieger. Bei der heutigen Olympiade gibt es Gold-, Silber- und Bronzemedaillen.

Lerne zwei Liedverse auswendig!

Diese Liedstrophen bringen den Anfang des **1. Korintherbriefs** gut auf den Punkt:

Seh ich dein Kreuz den Klugen dieser Erden
ein Ärgernis und eine Torheit werden,
so sei's doch mir, trotz allen allen frechen Spottes
die Weisheit Gottes. (vgl. **1Kor 1,18-25**)

Es schlägt den Stolz und mein Verdienst darnieder,
es stürzt mich tief und es erhebt mich wieder,
lehrt mich mein Glück, macht mich aus Gottes Feinde
zu Gottes Freunde. (vgl. **1Kor 1,26-30**)

Christian Fürchtegott Gellert
(1715-1769)

Schattenwurf

WORIN ENTDECKE ICH JESUS?

„Obwohl ich von allen frei bin, habe ich mich allen ***zum Sklaven gemach****t, damit ich so viele wie möglich gewinne."* (**9,19**)

Diese Haltung hat Paulus von seinem Herrn Jesus gelernt. Denn der diente freiwillig wie der niedrigste Sklave!

Alter Sklave
mit seinem Gebieter
(Glasur auf einer antiken Tonscherbe)

Menschen ohne Hoffnung sagen: *„Lasst uns essen und trinken, denn morgen sterben wir!"* (**15,32**)
Doch der Herr Jesus, der unsere lebendige Hoffnung ist, sagte am letzten Abend vor seinem Leiden sinngemäß: *„Lasst uns essen und trinken, denn morgen sterbe ICH!"*

Der Stellenwert der göttlichen Gaben:

In Korinth zählten spektakuläre **Geistesgaben** mehr, als ein kindlicher **Glaube** an Jesus Christus.

Die Korinther suchten außerordentliche Phänomene (**12,29**), statt schlicht am Evangelium festzuhalten. Dadurch geriet ihr Glaube in Schieflage: Das **Ich** stand im Mittelpunkt und nicht mehr **Jesus**. **Gefühle+Erfahrungen** wogen schwerer als **Gottes Wort+Glauben**.

Denn der Tempel Gottes ist *heilig*, und solche seid ihr. Niemand *betrüge* sich selbst! (**3,17**)

Checkpoint

WAS HABE ICH BEHALTEN?

Wer ist nie bei Paulus angekommen? (**16,17**) *Ich freue mich aber über die Ankunft von …*

1. *Achaikus* ***2.*** *Fortunatus*
3. *Spartakus* ***4.*** *Stephanas*

Wie heißt der **Mitautor** des **1. Korintherbriefes**?

1. *Sokrates* ***2.*** *Sosthenes*
3. *Samuel* ***4.*** *Salomo*

Wofür bist du empfänglich?

Der natürliche Mensch	Der fleischliche Christ	Der geistliche Christ
seelisch (**2,14**)	*unmündig* (**3,1**)	*erwachsen* (**3,1**)
Geist der Welt (**2,12**)		*Geist, der aus Gott ist* (**2,12**)
schluckt bedenkenlos **Mist**	ernährt sich von **Milch**	nimmt **feste Speise** zu sich

2. Korinther

Paulus verteidigt seine Lehre gegenüber falschen Aposteln und berichtet viele persönliche Dinge.

Der **2. Korintherbrief** verteidigt die Autorität von Paulus vor vielen Angriffen. Wir lernen, wie man Gott auch in Schwierigkeiten dient. Er ist voll ermutigender Aussagen für den, der sein Leben Gott ganz zur Verfügung stellt. Verschiedene Missstände in Korinth werden von Paulus seelsorgerlich gelöst.

Schriftsteller

WER SCHRIEB DEN BRIEF?

Paulus zusammen mit seinem jüngeren Mitarbeiter **Timotheus** (**1,1**)

Uuups

WAS WIRD OFT MISSVERSTANDEN?

„Bis in den dritten Himmel." (**12,2**) Wie ist das – gibt es im Himmel verschiedene Etagen? Im Hebräischen ist es wie im Deutschen: Es gibt nur **ein** Wort für den *Luft*-Himmel und *Gottes* Himmel. Im Englischen lässt sich das leichter unterscheiden: *heaven and sky …*

Der 1. Himmel = **Mt 6,26**
Der Lufthimmel, in dem Vögel fliegen

Der 2. Himmel = **Ps 19,2.7**
Der Weltraum, in dem Planeten kreisen

Der 3. Himmel = **2Kor 12,2**
Die Dimension, in der Gott wohnt

Schlüsselstelle

WAS IST DER KERN?

2Kor 3,18 beschreibt uns wunderbar das Wirken des Heiligen Geistes: Wenn er uns erfüllt und regiert, bringt das Freiheit, denn *„wo der Geist des Herrn ist, da ist Freiheit."* (**3,17**) Freiheit von der Sünde, von der Liebe zum Geld, von der Menschenfurcht.

Gottes Geist verdeutlicht uns die Herrlichkeit Jesu, und das wird uns verändern! Die Bibel ist dazu da, uns die Herrlichkeit von Jesus zu zeigen. Wenn wir diese Herrlichkeit sehen, bewirkt der Heilige Geist in uns die Veränderung in sein Ebenbild (**Röm 8,29**).

Wir alle aber, mit aufgedecktem Angesicht die Herrlichkeit des Herrn anschauend, werden verwandelt nach demselben Bild von Herrlichkeit zu Herrlichkeit, als durch den Herrn, den Geist. **3,18**

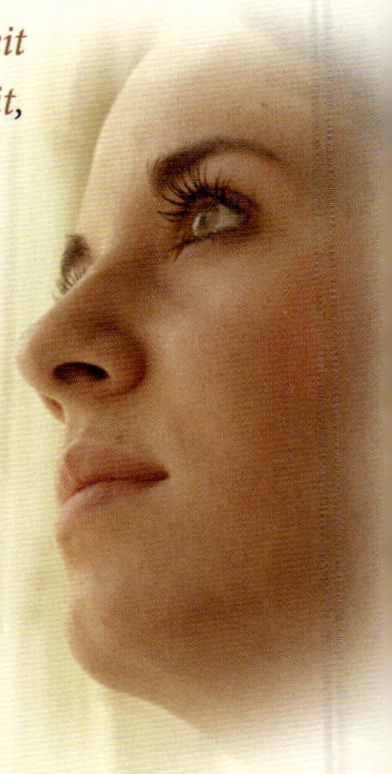

Griechisches Schiff auf einer Elfenbeinschnitzerei

Spatenstich

WAS WURDE AUSGEGRABEN?

Paulus hat mehr als *dreimal Schiffbruch erlitten* (**2Kor 11,25**).

Durch Unterwasserarchäologie wissen wir, wie die Handelsschiffe zur Zeit des Apostels Paulus ausgesehen haben. Noch heute findet man Schiffswracks rund um den Isthmus von Korinth.

Antikes Schiffswrack vor der Insel Kreta gehoben, voller Amphoren (Tongefäße mit 2 Henkeln)

Ballonflug

WIE KRIEGE ICH DEN ÜBERBLICK?

Kap. 1-9

Paulus schildert seinen Dienst
Er schreibt in der *Wir*-Form

Kap. 10-13

Paulus verteidigt seinen Dienst
Er schreibt mehr in der *Ich*-Form und in deutlich schärferem Ton.

Schattenwurf

WORIN ENTDECKE ICH JESUS?

Den, der Sünde nicht kannte, hat er für uns zur Sünde gemacht (**2 Kor 5,21**).

Gott ließ den Herrn Jesus am Kreuz nicht nur wie einen **Schwerbrecher** behandeln, sondern als unseren **Stellvertreter** sterben. Das ist das Unfassbarste, was Gott, der Vater, je tun musste! Er strafte seinen geliebten Sohn so, als ob er der Verursacher aller Schuld, die Sünde selbst sei! Die *Schlange in der Wüste* (**4Mo 21,8**) zeigt uns einen Schattenwurf seines Kreuzes (**Joh 3,14**; **Jes 53,4-6**; **Gal 3,13**; **1Petr 2,24**).

Checkpoint

WAS HABE ICH BEHALTEN?

Wie geht der Vers weiter? (**5,17**)
(Ein Satzteil davon stimmt nicht!)

Daher, wenn jemand in Christus ist, …

1. *… da ist eine neue Schöpfung.*
2. *… da ist das Alte vergangen.*
3. *… da hören alle Probleme auf.*
4. *… siehe, Neues ist geworden.*

Ankerpunkt

WAS HAT ES BEWIRKT?

Eric Barker war über 50 Jahre Missionar in Portugal. Im 2. Weltkrieg 1944 wurde die Situation so kritisch, dass er seine Frau und acht Kinder aus Sicherheitsgründen zurück nach England schickte. Eric blieb allein zurück, um die Arbeit fortzusetzen.

Sonntags nach ihrer Abreise stand er vor seiner Gemeinde und sagte: *„Ich habe gerade die Nachricht erhalten, dass meine ganze Familie sicher zu Hause angekommen ist!“* Erst später wurde die volle Bedeutung seiner Worte klar: Ein U-Boot hatte das Schiff torpediert und alle an Bord waren ertrunken. Aber er wusste sie alle in Sicherheit, weil Gott es ihm in **2Kor 5,1** zugesagt hat.

Sie hatten den *„ersehnten Hafen erreicht“* (**Ps 107,30**). Obwohl Eric von Trauer überwältigt war, konnte er sich durch die Gnade Gottes über die Umstände erheben und weiter für seinen Herrn arbeiten.

Ankerpunkt

WAS HAT ES BEWIRKT?

Im 1. Weltkrieg:

Traugott Hahn *(1875-1919)* weigerte sich, als Pfarrer seine Gemeinde zu verlassen. Deshalb kam er während der Russischen Revolution in Haft. Am 3. Januar 1919 wurde er mit 50 anderen Gefangenen in den sicheren Schließraum einer Bank getrieben. Die Luft dort war zum Ersticken. Traugott wurde vorgeworfen, er habe die Kommunisten *Räuberbande* genannt. Das war sein Todesurteil. Traugott hörte, wie Gefangene abgeführt und draußen im Hof erschossen werden. Dann kam er dran. Doch Traugott blieb getrost …

Später fand ein Freund auf dem Flur seine Bibel. Sie war bei **2Kor 12,9** geöffnet: *„Und er hat zu mir gesagt: Lass dir an meiner Gnade genügen; denn meine Kraft ist in den Schwachen mächtig.“*

45 baltische Prediger und Pastoren wurden an diesem 14. Januar 1919 getötet. Traugott blieb getreu bis in den Tod.

Im **2. Korinther Brief** schildert **Paulus** mehr als in anderen Briefen, wie abenteuerlich sein Leben verlief. Einmal entkam er nur knapp in einem herabgelassenen Korb (**11,32**).

„Dreimal bin ich mit Ruten geschlagen, einmal gesteinigt worden; dreimal habe ich Schiffbruch erlitten; einen Tag und eine Nacht habe ich in der Tiefe zugebracht. Ich bin oftmals auf Reisen gewesen, in Gefahren auf Flüssen, in Gefahren durch Räuber, … in Gefahren in der Stadt, in Gefahren in der Wüste, in Gefahren auf dem Meer …" (**11,25-26**).

Paulus' Briefe wurden also nicht am Schreibtisch, sondern auf **Getreideschiffen** und **Gefängnispritschen** geschrieben. Seine Post entstand unter Lebensgefahr.

Paulus bezahlte am Ende seine Liebe zu Gott und den Gemeinden mit dem Leben.

Im 2. Weltkrieg:

Als im März 1945 die Russen Westpreußen überrollten, begaben sich Hunderttausende Deutsche auf die Flucht. **Reinhold von Thadden-Trieglaff** stand vor seinem herrschaftlichen Gutshaus und hatte noch einmal die Bewohner des Ortes zusammengerufen. Man hörte schon heranrollende Panzer und das Grölen von plündernden Soldaten. Erste Gebäude brannten. Thadden hatte sein kleines Losungsbüchlein in der Tasche. Er las den Bibelvers, der für den Tag angegeben war:

„In allem sind wir bedrängt, aber wir ängstigen uns nicht; keinen Ausweg sehend, aber nicht ohne Ausweg!" (**2Kor 4,8**). Mutig sprach Reinhold vor allen Leuten ein Gebet: *„Gott, sei uns gnädig und beschütze uns!"*

Und Gott war gnädig! Ein russischer Offizier richtete kurz darauf in Thaddens Haus einen Kommandostützpunkt ein und schützte die Familie vor Übergriffen.

Jörg Helmrich ist Branddirektor bei der Feuerwehr. Er musste am 24. Juli 2010 bei der Duisburger Loveparade zum heftigsten Rettungseinsatz seines Lebens:

21 junge Menschen kamen in dem Geschiebe einer Massenpanik ums Leben und Hunderte wurden verletzt. Mitten in dem katastrophalen Einsatz in einem menschenüberfüllten Tunnel schickte ihm seine Frau einen Bibelvers per SMS: *„In allem sind wir bedrängt, aber nicht erdrückt; keinen Ausweg sehend, aber nicht ohne Ausweg* (**2Kor 4,8**).

Das hat Jörg überwältigt. Diese Zusage Gottes hat ihn zutiefst berührt und bestärkt. Das gab ihm die Kraft, weiterzumachen und Menschen zu retten. In dem Buch „Rettungsgasse" bezeugt Jörg Helmrich, wie Gott in ausweglosen Situationen zum Rettungsanker wird.

Galater

Die Erlösung geschieht allein durch den Glauben an Jesus – nicht aufgrund unserer guten Taten.

Im **Galaterbrief** warnt uns Paulus davor, durch das Einhalten der Gebote des Gesetzes Mose einen Beitrag zu unserer Erlösung leisten zu wollen. Was der Herr Jesus am Kreuz tat, genügt. Es ist vollbracht! Es ist falsch, wenn Christen beginnen, nach einzelnen jüdischen Geboten zu leben.

Schriftsteller

WER SCHRIEB DAS BUCH?

Paulus schrieb diesen Brief (**1,1**; **5,2**), den Schluss sogar eigenhändig (**6,11**).

In den ersten beiden Kapiteln erfahren wir viel über seinen Werdegang: Gott hat Paulus komplett umgedreht. Der ehemals jüdische Eiferer, der extreme Pharisäer, der sich strengstens ans Gesetz hielt (**1,14**), ausgerechnet dieser Paulus wird von Gott berufen, das Evangelium der freien, unverdienten Gnade zu präsentieren!

24 x Das Gesetz
24 x Glaube/glauben

Schlüsselstelle

WAS IST DER KERN?

Nur der **Glaube** macht vor Gott gerecht und nicht **eigene Anstrengung**! (**2,16**)

Der **Schreibstil** von Paulus im Galaterbrief ist kühl und aufrüttelnd (**3,1.3** *vgl. Briefende* **6,17**).

Paulus sagt den Galatern glasklar die Wahrheit, aber als ein wohlmeinender Freund (**4,16**).

Verzeiht, Galater, falls der Brief euch trifft –
der Pfeil soll treffen, doch er trägt kein Gift!

Beachte:
So wie die **12 Jünger** **3 Jahre** mit dem **Herrn Jesus** zusammen waren,

so war auch später **Paulus** **3 Jahre** allein mit dem **Meister** (**1,17**).

Sind für **Christen** die **jüdischen Gesetzesvorschriften** noch gültig?

- Wer oder was bringt mich sicher in den Himmel? – *Meine eigene Anstrengung?*
- Wie werde ich für immer gerettet? – *Wirklich nur durch den Glauben an Jesus?*
- Was macht mich zu einem vollständigen Christen? – *Das Halten des Gesetzes?*
- Wie viel muss ich zu meinem Heil beitragen? – **Darum geht es im Galaterbrief.**

Das Gesetz kann mich nicht retten. Es kann mir nur Schuld bewusst machen. So, wie ein Spiegel mir schmutzige Stellen zeigt, mich aber nicht säubern kann. Das Gesetz hat die Aufgabe, mir zu zeigen, dass ich einen Erlöser brauche (**3,24**).

Eine **Eselsbrücke** für die **Abfolge** der Briefe von **Galater** bis **Kolosser**:

GALATER = A

EPHESER = E

PHILIPPER = I

KOLOSSER = O

Der Mund geht dabei zU

Ballonflug

WIE KRIEGE ICH DEN ÜBERBLICK?

Kap .1+2	Kap. 3+4	Kap. 5+ 6
Persönliches	**Theologisches**	**Praktisches**
Wer hat Autorität?	**Was ist mit dem AT?**	**Wie wirkt sich's aus?**
Die **Herkunft** des Evangeliums	Die **Erklärung** des Evangeliums	Die **Anwendung** des Evangeliums
Was tat Gott?	*Was tat Jesus?*	*Was tut der Heilige Geist?*

Das **Gesetz Moses** lädt uns Lasten auf (**Mt 23,4**).
Das **Gesetz Christi** hilft Lasten tragen (**Gal 6,2**).

Gott geht es nicht um ein Prinzip
Die **peinliche Befolgung** des **Gesetzes** = Fluch (**3,13**)

Er fragt vielmehr: Hast du mich lieb?
Die **persönliche Beziehung** zu **Jesus** = Segen (**3,14**)

Was Paulus gelernt hat:

zu jedem Kapitel ein Merksatz

1 Ich möchte **Gott** gefallen, nicht so sehr **Menschen**. (**1,10**)

2 Meine **Vergangenheit** ist durch Christus **erledigt**. (**2,20**)

3 Weil er zum **Fluch** wurde, darf ich den **Segen** haben. (**3,13**)

4 Ich bin nun **Kind** und nicht **Knecht** – und erbe zu Recht. (**4,7**)

5 Mich sollen nicht **Gefühle**, sondern Gottes **Geist** leiten. (**5,25**)

6 Folge ich dieser Lebensregel, finde ich **Friede** und **Gnade**. (**6,16**)

Nimmst du das Gesetz Moses als eine **Vorschrift**, führt es dich in **Knechtschaft**.

Die Zeit unter Gesetz	**Die Zeit der Gnade**
Wie ein **Knecht** oder ein **Kleinkind**	Wie der **Erbe** bzw. als ein **Erwachsener**
Unmündigkeit (**4,1**)	*Sohnschaft* (**3,26**)
Röm 3,19 Aufpasser nötig	**Röm 10,4** Das Alte ist vorbei
Gebunden an ein **Prinzip**	Gebunden an eine **Person**

Nimmst du jedoch alles, was die Schrift sagt, als **Vorbild**, bewahrt dich das vor vielen **Fehlern**.

Spatenstich

WAS WURDE AUSGEGRABEN?

Spätestens seit *»Asterix«* kennt jeder die **Gallier** – jene raufflustigen Ureinwohner Frankreichs. Das waren Kelten, die ursprünglich am Rhein ihre Heimat hatten. Im 3. Jhdt. v. Chr. kamen einige Stämme auf Kriegszügen bis nach Kleinasien (in die Gegend der heutigen Türkei) und vermischten sich dort mit den Griechen. Historiker sind sich ziemlich sicher: Von diesen Galliern stammen die **Galater** ab. Sie galten als kampflustig, leicht erregbar und sehr freiheitsliebend. Dennoch ließen sie sich von Irrlehrern wieder unter ein **Joch der Knechtschaft** zwängen (**Gal 5,1**)! *Ja, spinnen die denn, die Galater?*

Schattenwurf

WORIN ENTDECKE ICH JESUS?

Er ist das Ziel aller Zeit.

Zu der von Gott gesetzen Frist
kam unser Retter Jesus Christ! (**Gal 4,2**)

Schon *vor* aller Zeit – wurde Christus *verheißen.* (**Tit 1,2**)

Als sich die Zeit *erfüllt* – wurde Christus *geboren.* (**Gal 4,4**)

Zur *bestimmten* Zeit – ist Christus *gestorben.* (**Röm 5,6**)

Zur *rechten* Zeit – wurde Christus *gegeben.* (**1Tim 2,6**)

Zu *Seiner* Zeit – wird uns das Wort *geoffenbart.* (**Tit 1,3**)

Ankerpunkt

WAS HAT ES BEWIRKT?

Billy Graham *(1918-2018)*, der wahrscheinlich einflussreichste christliche Prediger des 20. Jahrhunderts, predigte vor über 200 Millionen Menschen in 185 Ländern – mehrfach auch in Deutschland. Er wurde unglaubliche 99 Jahre alt. Seinen Lieblingsvers aus der Bibel hat er sich in großer Schrift mehrfach ausgedruckt und in einige Zimmer seiner Wohnung aufgehängt:

Mir aber sei es fern,
mich zu rühmen als
nur des Kreuzes
unseres Herrn Jesus
Christus, durch das mir
die Welt gekreuzigt ist
und ich der Welt (**Gal 6,14**).

Eine Goldmedaille zur Erinnerung an Ruth und Billy Graham

Billy bildete sich nichts ein auf seine Berühmtheit. Er wollte sich vor Augen halten: *Das Allerwichtigste ist für mich das, was am Kreuz geschah.* Dennoch erhielt Billy Graham die höchste Auszeichnung der USA.

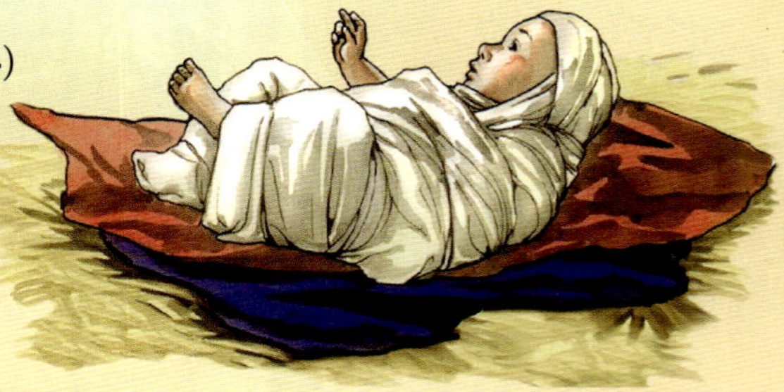

kreisrund oder ellipsenförmig?

Ein **Kreis** hat <u>einen</u> Mittelpunkt – ein klares Zentrum.

Die **Ellipse** hat <u>zwei</u> Brennpunkte – die Mitte ist nicht erkennbar …

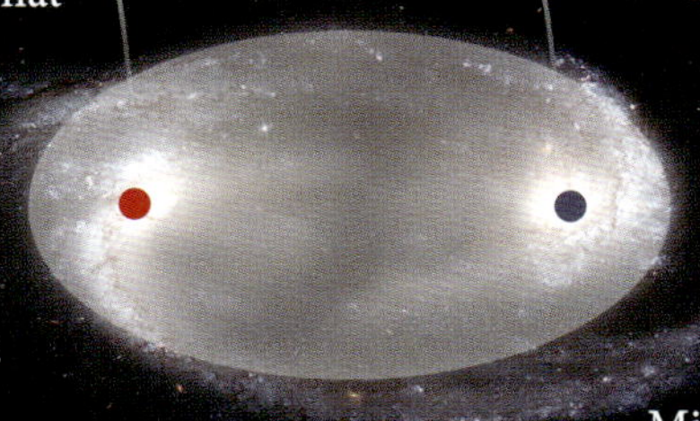

Davor warnt der Galaterbrief:

Christus darf nie durch **Zusätze** aus der Mitte gerückt werden, sonst wird man im Glauben nur herumeiern!

Christus	oder >>>	**Christus und ich**
Evangelium	oder >>>	**Religion**
Rechtfertigung **nur aus Glauben**	oder >>>	**Eigene Leistung** **nach dem Gesetz**

Hat Jesus allein deine Rettung **bewirkt**, oder geschieht das unter deiner **Mitwirkung**? Hat dein Leben **nur ihn als Mitte** (2,20), dann wird **Christus** durch dich erkennbar (**4,19**)!

Kann man etwas Vollendetes, Vollbrachtes noch vollständiger machen? Nein! Eigenes Hinzutun macht die Gnade nicht kleiner, sondern ungültig (**2,21**).

Die Heils**TAT**sache braucht keine Zu**TAT**en!

Wer das Evangelium **verbessern** will, **verdirbt** es! Denn **Christus ergänzen** heißt **Christus ersetzen**!

Basteltipp: Schlage zwei Nägel in ein großes Brett. Dann ziehe mit einem Stift im Faden wie abgebildet einen Bogen. So kannst du eine Ellipse zeichen.

Checkpoint

WAS HABE ICH BEHALTEN?

Die *»Frucht des Geistes«* besteht aus **3 x 3** Beeren:
die ersten 3: was der Geist nach **innen** bewirkt
die anderen 6: wie der Geist nach **außen** wirkt.

Gal 5,23 *»Die Frucht des Geistes«*

Was ist mit dem Sabbat?

Wer das 4. Gebot halten will, kehrt zurück unter das Joch des Gesetzes.

Achtung: Das ist *ein anderes Evangelium* (**1,9**)! Paulus warnt uns im Galaterbrief eindringlich: Wenn du als Christ noch das Gesetz halten willst, rennst du in eine Sackgasse!

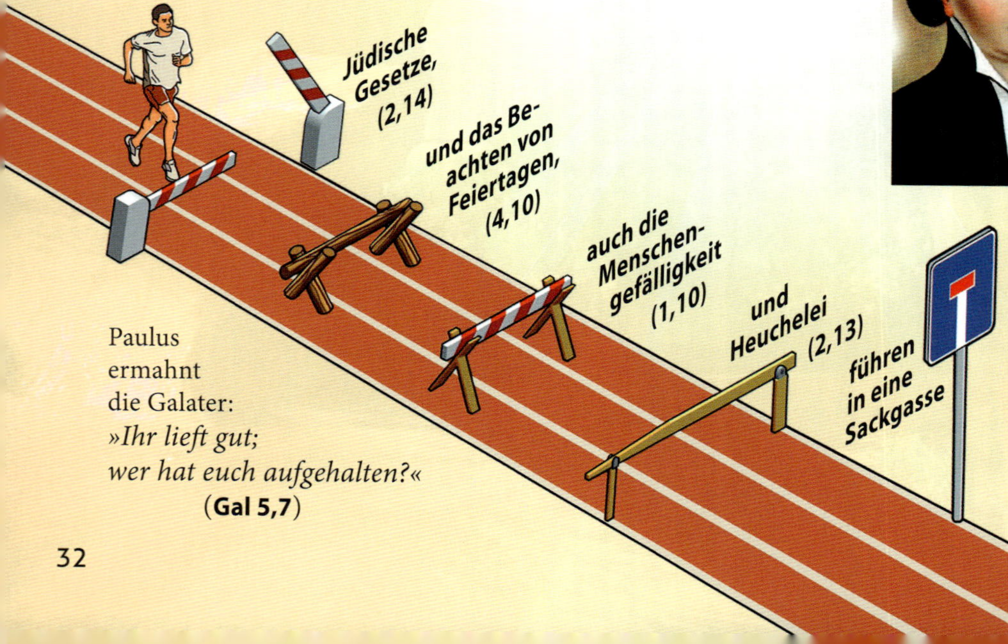

Paulus ermahnt die Galater: *»Ihr lieft gut; wer hat euch aufgehalten?«* (**Gal 5,7**)

Ankerpunkt

WAS HAT ES BEWIRKT?

Der Galaterbrief war **Martin Luthers** *(1483-1546)* Lieblingsbrief. Er hat ihn so liebgewonnen, dass er ihn sogar mit seiner Ehefrau **Katharina von Bora** verglich. Die beiden führten eine wunderbare Ehe. Wörtlich sagte Martin Luther: *„Dies Epistel an die Galater ist mein Epistel, der ich mich vertraut habe, meine Käthe von Bora.“*

Dieser Brief befreite ihn von dem Druck, Gott aus eigener Leistung gefallen zu müssen. Das führte ihn zur Freiheit in Christus (**5,1.13**) – zu einem Leben im Geist (**5,16**).

Das Gesetz als **Vorschrift**, führt in Knechtschaft.

Das Geschriebene als **Vorbild**, verhilft zur Freiheit (**5,1**)!

(**1Kor 10,6**; **Gal 4,22.27.30**)

Schattenwurf

WORIN ENTDECKE ICH JESUS?

Petrus aß kurzzeitig mit Heiden. Dann zog er sich zurück, weil er um seinen guten Ruf bei den Juden fürchtete (**2,12**). Das war Heuchelei! Ganz anders bei seinem Herrn und Meister: *„Siehe, er isst mit den Sündern!“* (**Mt 9,11**). Aber der Herr Jesus stellte sich bewusst zu dieser »schlechten Gesellschaft« und wies seine Kritiker zurecht. Der Herr war nie ein Diener der Sünde, aber außer Frage ein Diener für Sünder!

Dreimal gibt **Paulus** Zeugnis von seiner Bekehrung (**Apg 9**; **22**; **26**). In **Galater 1** berichtet er auch davon.

Wahrscheinlich hatte Paulus ziemlich schlechte Augen …

Das lässt sich aus zwei Versen aus dem Galterbrief ablesen:

4,15 Andere hätten sich gern für ihn ein Auge ausgerissen.

6,11 Er selbst schrieb wohl in großen, krakeligen Buchstaben.

(Vergleiche dazu auch **Apg 23,3-5**!)

Spezialauftrag

WAS KANN ICH TUN?

Vergleiche folgende Bibelstellen:

Wem gilt Gottes Liebe in **Johannes 3,16**?
Wen liebt der Herr Jesus in **Epheser 5,25**?
Wen liebt Gottes Sohn in **Galater 2,20**?

Was stellst du fest?

Findest du die Schlüsselbegriffe im Galaterbrief?
Dann unterstreiche sie:
4 x *Knechtschaft*
4 x *Freiheit*

Die drei Apostel **Jakobus, Petrus** und **Johannes** galten als wichtige *Säulen* der Urgemeinde (**Gal 2,9**), denn sie waren *Augenzeugen seiner Majestät* (**Mt 17,1**; **2Petr 1,16**).

Wo findest du die Gegensätze, um die es im Galaterbrief geht?

Menschen gefallen – Gott gefallen (**1,10**)
Heuchelei – Wahrheit (**2,13.14**)
Knechte – Söhne
Gesetz – Evangelium
Gesetz – Verheißung
Hagar – Sarah
Ismael – Isaak
Fleisch – Geist
Alter Bund – Neuer Bund

Was passiert vergeblich?
Lies es nach:

- **2,2**
- **3,4**
- **4,11**

Epheser

Das wunderbare Geheimnis der Gemeinde Jesu Christi eröffnet Paulus den Gläubigen in Ephesus.

Der **Epheserbrief** enthält keine gezielten persönlichen Grüße, denn in diesem Brief werden allen Christen die wunderbaren **Geheimnisse der Gemeinde Jesu** offenbart!

Schlüsselstelle

WAS IST DER KERN?

Denn wir sind sein Werk, geschaffen in Christus Jesus zu guten Werken, die Gott zuvor bereitet hat, damit wir in ihnen wandeln sollen. **Eph 2,10**

Schriftsteller

WER SCHRIEB DAS BUCH?

Paulus (**1,1**). Es ist sein erster Brief aus dem Gefängnis (**3,1**; **4,1**; **6,20**). Paulus schrieb ihn nicht nur aus dem Knast – er hat ihn vielleicht sogar auf Knien verfasst (**3,14**)?!

Er ließ dieses Schreiben durch **Tychikus** (**6,21**) an die Gemeinde in Ephesus und die Geschwister in der Gegend von Asia bis nach Kolossä befördern (**Kol 4,7**ff).

Nach drei Jahren Aufenthalt in Ephesus (**Apg 20,31**) sendet Paulus etwa 10 Jahre später diesen Brief. Darin erfüllt sich buchstäblich, was er beim Abschied den Ephesern sagte: *„Ich befehle euch dem Wort seiner Gnade an, das vermag, aufzuerbauen und das Erbe zu geben unter allen Geheiligten."* (**Apg 20,32**) Dieser gewaltige Brief ist wie eine Testamentseröffnung: Er zeigt uns den *»Reichtum der Herrlichkeit seines Erbes.«* (**1,18**)

Ballonflug

WIE KRIEGE ICH DEN ÜBERBLICK?

Der Epheser-Brief erläutert uns in

Kap. 1-3 LEHRE: • *Wir in* ***Christus***
= unser **Verhältnis** zu IHM
Was wir in Jesus alles ***haben*** – und in

Kap. 4-6 LEBEN: • *Christus in* ***uns***
= unser **Verhalten** durch IHN
Was wir nun als Christen ***tun*** sollen.

Im Epheserbrief finden wir kaum Bezüge zum AT. Hier leuchtet nur **Christus** auf (**5,14**). Denn mit ihm begann eine ganz **neue Schöpfung** (**2,10**), die für uns das **Gesetz** außer Kraft gesetzt hat (**2,15**).

Unsere Lebensregel ist nicht mehr **Mose**, sondern nur **Jesus** allein (**4,20.32**; **5,2.25**).

Einzige Bezugsgröße und **Maß aller Dinge** ist Gottes großartige Gabe: Christus (**4,7**)!

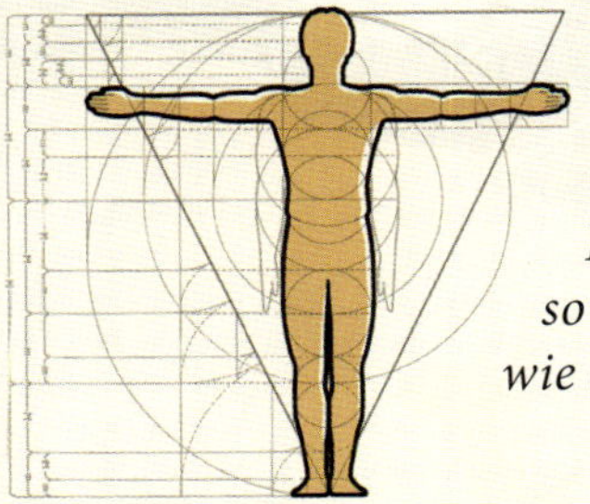

Darin vollendet sich die Liebe Gottes: so zu wandeln, wie er gewandelt ist (**1Jo 2,6**).

Jede gesunde Gemeinde braucht …

Festigung *in der Fürbitte* (**1,15-23**)
Auferbauung *in der Lehre* (**2,19-22**)
Stärkung *in der Gemeinschaft* (**3,16-20**)
Bewahrung *in der Einheit* (**4,1-6**)
Unterordnung *in der Furcht Gottes* (**5,21**)
Ausrüstung *in der Macht Gottes* (**6,10-20**)

Wir sind …

durch den **Vater**
Erwählte (**1,4.5**)

durch den **Sohn**
Erlöste (**1,6.7**)

durch den **Geist**
Ermächtigte
(**1,13.14**)

nach Wolfgang Nestvogel

Ballonflug

EIN ÜBERBLICK …

Komm zu uns!
- Setz dich her! (**2,19**)

Bleib bei uns!
- Werde stark! (**3,16**)

Arbeite mit uns!
- Lerne dienen! (**4,12**)

Sei verfügbar!
- Lerne kämpfen! (**5,17**)

Steh nun fest!
- Bewähre dich! (**6,13**)

Spezialauftrag

WAS KANN ICH TUN?

3 Gebete im Epheserbrief

Gebet für die Epheser
1,15-23

Paulus machte es uns vor

Gebet für alle Heiligen
3,14-21

Wir ahmen es nach

Betet einer für den anderen!
6,18-20

Epheser 2,9-10

Durch die Gnade seid ihr errettet, mittels des **Glaubens**; und das nicht aus euch, Gottes Gabe ist es.

Das Evangelium in einer Nussschale

*Wir sind sein Werk, geschaffen in Christus Jesus zu guten **Werken**, die Gott vorbereitet hat, damit wir in ihnen wandeln sollen.*

Der chinesische Autor und Lehrer **Watchman Nee** *(1903-1972)* teilt den **Epheserbrief** in drei Teile:

- ***Sitze!*** (**1,1-3,21**) = *unser Status in Christus*
- ***Wandle!*** (**4,1-6,9**) = *unser Leben als Christ*
- ***Stehe!*** (**6,10-24**) = *unser Kampfauftrag*

Kann man Unfassbares erfassen?

In Gottes Liebe sollen wir **gewurzelt** sein *(wie ein **Baum**)* und **gegründet** sein *(wie ein **Bauwerk**)*, um zu erfassen:

die **Breite** ist grenzenlos, *denn sie will **jeden** erreichen*
die **Länge** ist endlos " *sie wird **ewig** währen*
die **Höhe** ist beispiellos " *sie ist für uns **zu hoch***
die **Tiefe** ist grundlos " *sie hat die Ursache in IHM*

(**Eph 3,18**)

Das sprengt alle unsere Dimensionen, denn wir kennen nur drei!

Wir sind ...

Bürger in Gottes **Reich**

Kinder in Gottes **Familie**

Steine in Gottes **Tempel** (**Eph 2,19-20**)

Die Hand als Illustration der 5 Dienstgaben:

nach einer Idee von Matthias Nietzke

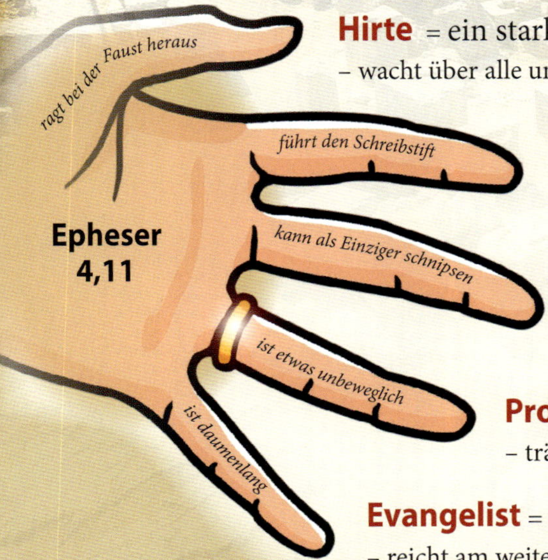

Hirte = ein starkes **Gegenüber**
– wacht über alle und ist hauptverantwortlich

Lehrer = ein aufzeigender **Erklärer**
– gibt gute Hinweise und kann weiterbringen

Hirte und **Lehrer** werden zusammen erwähnt. Oft eine Person, oder sie arbeiten eng zusammen *(= Pinzettengriff)*

Apostel = eine hervorragende **Größe**
– ist Pionier, aber er sollte nicht alleine stehen

Prophet = ein beglaubigtes **Sprachrohr**
– trägt Gottes Siegel und legt den Finger in die Wunde

Evangelist = ein beweglicher **Verkündiger**
– reicht am weitesten nach außen und ist einfühlsam

Ballonflug

WIE KRIEGE ICH DEN ÜBERBLICK?

In der Christengemeinde ist der Gegensatz zwischen **Juden** oder **Heiden** aufgehoben! Nach Jesu Tod wurde etwas ganz Neues geschaffen: die **Familie Gottes** auf dieser Erde.

Christen bilden ein neues Volk, das weder **jüdisch** noch **heidnisch** ist (**2,14-18**). Die **Gemeinde** ist ein **himmlisches** Volk mit einer **himmlischen** Berufung – **Israel** ist im Gegensatz dazu ein **irdisches** Volk Gottes mit **irdischen** Segnungen.

Im zweiten Teil zeigt der Brief aber auch, wie sich diese hohe Berufung im Alltag *(in Gemeinde, Familie, Ehe, Arbeit)* auswirken muss (**Kap. 4-6**).

Dort werden wir auf einen geistlichen Glaubenskampf gefasst gemacht: Dazu brauchen wir eine ganz besondere *„Ausrüstung Gottes“* (**6,10-20**).

Das **Wesen** der **Gemeinde** Christi wird mit drei **Bildern** beschrieben:

Der **Leib** Christi = *Einigkeit* (**1,22-23**)

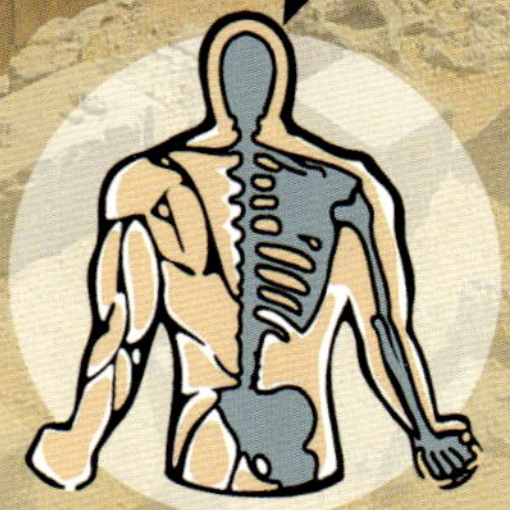

(vgl. auch **4,12-16**; **5,23-30**)

Das **Haus** Gottes = *Heiligkeit* (**2,19-22**)

Die **Braut** Christi = *Innigkeit* (**5,25-33**)

Die Zwischenwand ist abgebrochen! Wir haben Zugang … zu dem Vater.
(**Eph 2,14.18**)

Spatenstich

WAS WURDE AUSGEGRABEN?

1953 fand man zwei Warntafeln aus Stein. Sie sind etwa 60 x 90 cm groß und tragen eine deutliche Inschrift auf Latein und Griechisch.

Die Tafel warnt davor, dass es Nichtjuden bei Todesstrafe verboten ist, den Tempel in Jerusalem zu betreten. Diese Warntafeln stammen aus der Zeit von Herodes. Sie sollten Heiden davor abschrecken, sich in den heiligen Bezirk vorzuwagen. Dazu waren sie gut sichtbar an den Durchgängen zum inneren Tempelbezirk angebracht. Diese Trennmauer wurde außerdem gewissenhaft bewacht (vgl. **Apg 21,27**ff).

Der **Epheserbrief** zeigt uns jedoch: Gott hat diese Schranke aufgehoben. Die trennende Mauer ist niedergerissen. Sogar der Zugang ins Allerheiligste ist frei. Der Trennvorhang ist zerrissen (**Mt 27,51**). Jeder darf nun voller Zuversicht zu Gott kommen (**Eph 2,18**; **3,12**).

Uuups

WAS WIRD OFT MISSVERSTANDEN?

Dürfen Christen keine Witze machen? (Eph 5,4)

»Wo viele Worte sind, geht es ohne Sünde nicht ab!«, sagt Salomo in **Sprüche 10,19**.

Das ist ganz gewiss bei Witzen die Gefahr. Wer aber Witze rundweg ablehnt, fällt auf der anderen Seite vom Pferd.

Es gibt auch witzige Stellen in der Bibel: (Lies **Ri 9,14**; **18,25**; **Hi 40,32**; **Joh 9,27**…)

Aber Witze, die sich nicht geziemen, sind uns als Nachahmer Gottes untersagt!

Es gibt viele ungehörige, schlüpfrige, gemeine und dumme Witze. Diese Art von Ungehörigkeit ist hier gemeint. Ein Prüfstein: *Dankst du mehr, als du Witze machst?* (**5,4**) Wenn diese Balance stimmt und deine Glaubwürdigkeit nicht durch Albernheit untergraben wird, sind geistreiche Witze völlig unproblematisch. *„Lachfalten um die Augen sind ein besseres Zeichen von Glauben als Sorgenfalten."* Helmut Thielicke

… albernes Geschwätz oder Witzelei, die sich nicht geziemen …
(**Eph 5,4**)

Ankerpunkt

WAS HAT ES BEWIRKT?

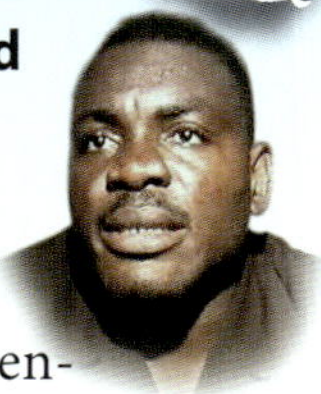

General Butt Naked
(General Nacktarsch)
Eigentlich **Joshua M. Blahyi**, *geb. 1971*

Der brutale Macheten-mörder von Monrowia (Liberia) brachte eigenhändig Tausende Menschen um. Milton wütete schon als Kindersoldat nackt wie ein Berserker. Er stürmte nur mit Turnschuhen bekleidet los, weil er sich für unverwundbar hielt.

Pastor John Kun Kun wagte Jahre später, zu ihm zu gehen und mit ihm zu beten. Aus Wut schoss er dafür seinem Leibwächter in beide Knie! Kurz darauf bekehrte er sich dennoch. Er besucht seitdem Opferfamilien und bittet auf Knien weinend um Vergebung. Sein Lebensmotto ist **Epheser 4,32**: *„Vergebt, wie auch Christus euch vergeben hat."*

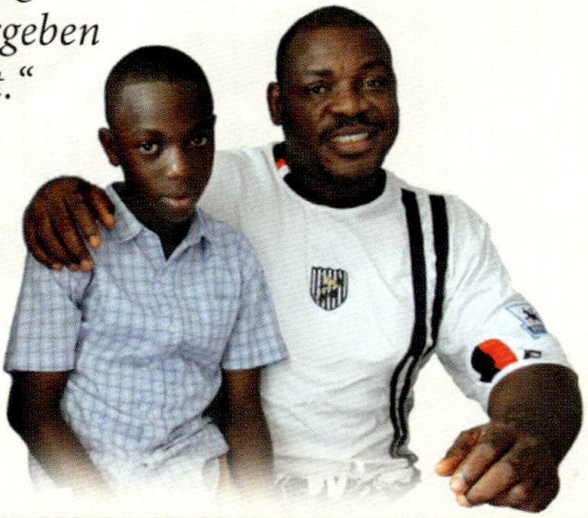

Uuups

WAS WIRD OFT MISSVERSTANDEN?

„… die ihr tot wart" (**Eph 2,1**)
Was ist damit gemeint?

Die meisten Menschen sind für Gott wie „tot". Sie reagieren nicht auf ihn. Es herrscht totale Funkstille. Von Natur aus sind wir für Gott und alles Geistliche völlig unempfänglich – wegen unserer Sünde (**1Kor 2,14**). Erst wenn wir Buße tun, zu Gott umkehren, werden wir wirklich „lebendig". Ein neues Leben beginnt. Es ist genau wie bei dem verlorenen Sohn, dessen Vater ausruft: *„Dieser mein Sohn war tot und ist wieder lebendig geworden, war verloren und ist gefunden worden"* (**Lk 15,24**).

Wenn man einen Baum fällt, sind anfangs alle Zweige noch grün und voller Saft. Noch ist keinem Ast anzusehen, dass der Baum von seiner Wurzel abgetrennt ist. Doch bald werden seine Blätter es zeigen. Bis dahin jedoch sieht er noch ganz lebendig aus.
Dieses Abgetrenntsein, diese Unwissenheit – das ist der Zustand der Menschen getrennt von Gott.

Ankerpunkt

WAS HAT ES BEWIRKT?

Im Mai 1945 wurde **Erich Schnepel** von den Amerikanern gefangen. Ihm gelang es, ein Neues Testament in seiner Hosentasche ins Kriegsgefangenenlager zu schmuggeln.

„Herr Jesus, bitte gib mir einen Durchblick in dieser ganzen dunklen Lage. Hilf mir, deinen Plan zu verstehen." Dann öffnete er seine winzige Bibel und sein Blick fiel direkt auf **Epheser 6,20**: *„Ich bin sein Botschafter in Ketten"*.

Dieser Satz zerriss die Dunkelheit und machte seinen Weg wieder hell. Das passte genau zu seiner Lage. Erich begriff: Ich muss hier Gottes Bote sein – als Gefangener unter Gefangenen. Mitten im Schlammfeld der Hungernden und Frierenden predigte Erich den Verzweifelten. Die Monate in Kriegsgefangenschaft wurden die größte Missionszeit seines Lebens. Erich Schnepel predigte an manchen Sonntagen zu 20 000 Kameraden.

Es gibt noch einen **zweiten** Epheserbrief! Du findest ihn in **Offenbarung 2,1-7**.

Lies es nach, was der **Herr Jesus** seiner Gemeinde ein paar Jahre später zu sagen hat.

Auf seinem Weg zur Ausbildung musste **Michael Seel** immer sehr lange Zug fahren.

Diese Zeit wollte er zum Bibellesen nutzen. Eines Morgens – Michi war noch sehr müde – las er im **Epheserbrief**. Seine Augen wurden ganz schwer und bald las er nur noch im Schneckentempo, ohne besonders aufzupassen.

Doch dann kam er zu **Vers 14** im **5. Kapitel**. Dabei hat sich Michael so erschreckt, dass er sofort hellwach war. Na, weißt du, was dort steht?

Spezialauftrag

WAS KANN ICH TUN?

In **Epheser 4,4-5**
lesen wir von **sieben** einmaligen,
einzigartigen Grundlagen unseres Glaubens.
Trage sie hier ein. Dann findest du heraus, warum diese
sieben so bedeutsam sind: SIE SIND WICHTIG,

UM DIE

1 EIN L _ _ _
2 EIN _ _ _ _ _
3 EINE _ _ _ _ _ _ _ _
4 EIN _ _ _ _
5 EIN _ _ _ _ _ _
6 EINE _ _ _ _ _
7 EIN _ _ _ _ UND _ _ _ _ _

7

DES GEISTES
ZU BEWAHREN

Eph 4,3

Da ist *ein* **Leib** und *ein* **Geist**,
wie ihr auch berufen worden seid
in *einer* **Hoffnung** eurer Berufung.
Ein **Herr**, *ein* **Glaube**, *eine* **Taufe**, *ein* **Gott** und **Vater** aller,
der *über* allen und *durch* alle und *in* uns allen ist.

Epheser 4,4-5

Achtung: **Satan** ist real! Seine Pfeile zielen immer auf uns ab. Er greift an und bringt zu Fall, was Gott gefällt. Aber gegen seine listigen Angriffe gibt es eine Schutzausrüstung:

Eine wichtige Lebensregel, die wir jeden Tag beherzigen sollten – gerade auch in der Familie: Nimm Groll und Ärger nicht mit ins Bett!

> ***Die Sonne gehe nicht unter über eurem Zorn!*** (**4,26**)

Die Waffenrüstung Gottes (**6,13-18**)

Tipp für 7 neue Wochentags-Namen:

Mache dir jeden Tag einen anderen Teil unserer Ausrüstung besonders bewusst!

Mo = Gurttag
- *Wie werde ich **wahrhaftiger**?*

Di = Panzertag
- *Wie werde ich **gerechter**?*

Mi = Schuhtag
- *Wie werde ich **Menschenfischer**?*

Do = Schildtag
- *Wie wehre ich **Versuchung** ab?*

Fr = Helmtag
- *Wie werde ich **heilfroh**?*

Sa = Schwerttag
- *Wie widme ich mich der **Bibel**?*

So = Bettag
- *Wie widme ich mich dem **Gebet**?*

Checkpoint

WAS HABE ICH BEHALTEN?

Welcher Teil einer Römerrüstung kommt in der Aufzählung in **Epheser 6** nicht vor?

***1.** Speer* ***2.** Schild*
***3.** Schwert* ***4.** Sandale*

Spezialauftrag

WAS KANN ICH TUN?

Zwei Abschnitte im Epheserbrief sind der Anbetung Gottes gewidmet (Anfang **Kap. 1** + Ende **Kap. 3**).

Lies die zwei **Gebete** im Epheserbrief einmal laut und denke dabei an deine Gemeindegeschwister.

1,15-23 ☐ | **3,14-21** ☐

So machst du diese Worte zu deinem eigenen Gebet!

Schattenwurf

WORIN ENTDECKE ICH JESUS?

Darbringung + Schlachtopfer + Wohlgeruch (**Epheser 5,1**).

Diese Begriffe erinnerten jeden Juden sofort an die Opferhandlung im Tempel. Ein makelloses Tier wurde Gott dargebracht; dann geschlachtet; und dann verbrannt. Der Rauch stieg besänftigend zu Gott auf (**1Mo 8,21**; **4Mo 28,8**; **Esr 6,10**).

Alle Opfer im AT weisen auf Jesus hin. Er hat sich hingegeben. Er hat sich töten lassen. Er hat damit Gott wohlgefallen. Das alles geschah für uns.

BANDWURMSATZ

Der Epheserbrief beginnt mit einem ellenlangen **Bandwurmsatz** *(= fast 250 Wörter ohne Punkt)*: **Kapitel 1,3-14** ist im Original ein einziger Satz! Du findest in der ganzen Bibel keinen längeren.

Unterstreiche, welcher Satzteil genau **dreimal** darin vorkommt *(im gleichen Wortlaut)*. Diese kurze Aussage zeigt dir, was der Sinn deines Lebens ist – deine Bestimmung. Vergleiche dann deine Entdeckung mit dem Weihnachtslied *„Macht hoch die Tür“ (Strophe 1-3 jeweils der Schlusszeile)*.

Du sollst etwas sein „*zum Preise seiner Herrlichkeit*“ (= Halleluja).

Unser Glaube gründet auf diesen Gewährsleuten und Kronzeugen

Apostel **Propheten**

Ihr seid … aufgebaut auf der Grundlage der **Apostel** und **Propheten**, indem Christus Jesus selbst Eckstein ist. **Eph 2,20**

Vergleiche das mit dem Ereignis aus **Mt 17,5** auf dem Berg der Verklärung Jesu:

die drei Augenzeugen und wichtige Mitautoren des **Neuen Testaments**

und die zwei Hauptvertreter der Wort- und Schriftpropheten des **Alten Testaments**

… trafen sich mit dem Herrn **Jesus als Mitte** auf dem heiligen Berg (**2Petr 1,18**).

So stellt sich Paulus in einem frühen Brief vor:
… Ich bin der geringste der **Apostel**! **1Kor 15,9**

Hier im Epheserbrief ist er …
der Allergeringste unter allen **Heiligen**! **Eph 3,8**

In einem seiner letzten Briefe schreibt er:
… **Sünder**, von denen ich der erste bin. **1Tim 1,15**

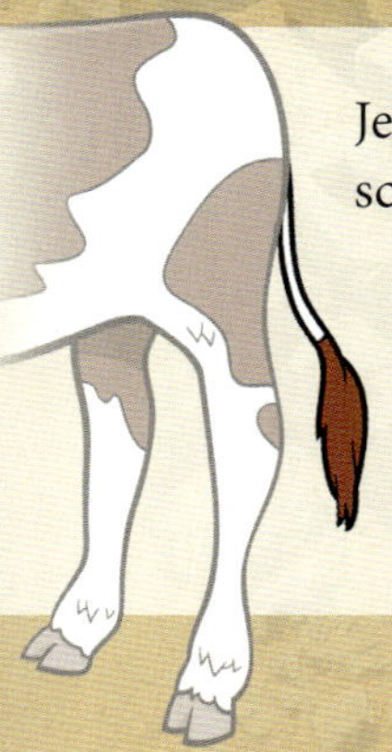

Je älter Paulus wird, umso bescheidener spricht er von sich!

»Ein Christ wächst wie ein Kuhschwanz – nämlich nach unten!«
Wilhelm Busch

Philipper

Paulus schreibt aus dem Gefängnis. Trotzdem macht er Mut, sich in jeder Lage zu freuen. Das ist nur möglich wegen Jesus.

Ein Brief aus dem Knast, der aber kein bisschen nach Verzweiflung riecht. Jedes Kapitel trieft vor Freude und Dank, obwohl Paulus echte Probleme hat. Er weiß nicht, wann seine Haft zu Ende geht, oder ob er bald sterben muss. Aber das macht ihm keine Angst – ganz im Gegenteil (**1,21**)!

Schriftsteller

WER SCHRIEB DAS BUCH?

Paulus zusammen mit seinem Mitarbeiter **Timotheus** (**Phil 1,1**).

Schlüsselstelle

WAS IST DER KERN?

Das Leben ist für mich **Christus** … (**Phil 1,1**).

Ballonflug

WIE KRIEGE ICH DEN ÜBERBLICK?

Kap. 1	**Jesus ist mein Leben.** *Im **Leiden** Christus verherrlichen*
Kap. 2	**Jesus ist mein Vorbild.** *Im **Dienen** Christus ähnlich werden*
Kap. 3	**Jesus ist mein Ziel.** *Im **Glauben** Christus gewinnen*
Kap. 4	**Jesus ist meine Stärke.** *Im **Geben** Christi Kraft empfinden*

Der *Christus-Hymnus* in **Kapitel 2** gehörte wohl schon in den ersten Gemeinden zum festen Bestandteil des Gesangs: *„Diese Gesinnung sei in euch, die auch in **CHRISTUS JESUS** war!“* (**2,5-11**).

Das Leben von **Jesus** ist unser Vorbild. Orientieren wir uns an ihm!

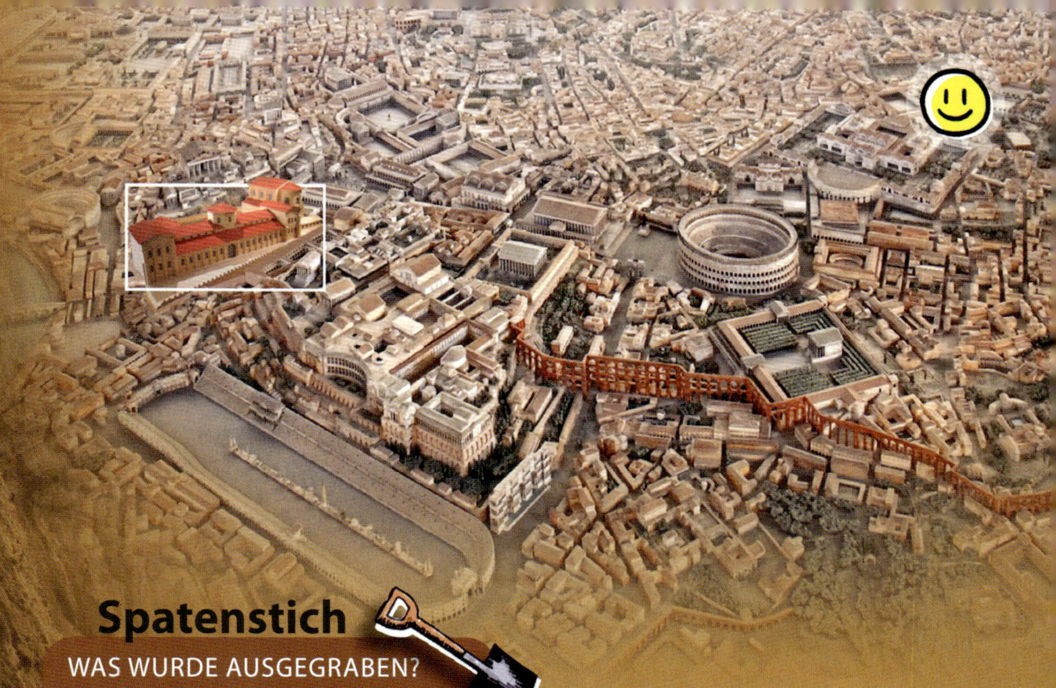

Spatenstich

WAS WURDE AUSGEGRABEN?

Prätorium = die Kaserne der Prätorianergarde mitten in der Weltstadt Rom. Die Prätorianer waren die Leibwache für den Cäsar. Sie hatten ihr Quartier im Prätorium. Dort saß Paulus in Haft und aus einer Arrestzelle in der Kaserne schrieb er den Philipperbrief. Oft wurden für diese Spezialeinheit Germanen, Gallier oder andere Ausländer ausgewählt, weil sie nicht in die Machtkämpfe der römischen Gesellschaft verwickelt waren. Dadurch konnte Paulus sogar im Gefängnis Menschen aller Herkunft mit der guten Botschaft von Jesus erreichen (**Phil 1,13**). Gottes Pläne übersteigen unsere Gedanken.

Unterstreiche im ersten Kapitel, wie oft das Wort **Fessel** bzw. **Ketten** vorkommt.

Spezialauftrag

WAS KANN ICH TUN?

Wenn du alle fünf Vokale (also die Buchstaben A, E, I, O, U) jeweils an die richtige Stelle setzt, lernst du einen **Mitarbeiter** von **Paulus** kennen (**Phil 2,25; 4,18**).

	P	☐	S	☐	☐	N	☐	S	T	☐	N	
☐	☐	N	K	☐	☐	F	S	K	☐	R	B	
☐	P	☐	P	H	R	☐	D	☐	T	☐	S	
Z	☐	T	R	☐	N	☐	N	B	☐	☐	M	
B	☐	☐	M	W	☐	L	L	K	L	☐	☐	D

Uuups

WAS WIRD OFT MISSVERSTANDEN?

»Woher wissen wir, dass der Philipperbrief in einem ***Gefängnis*** *geschrieben wurde?«* Ein Junge meldet sich und sagt: *»Das ist doch ganz klar! Das steht gleich im allerersten Vers: Da gab es doch* ***Aufseher****!«* (**Phil1,1**) Mit diesem Gruß sind aber keine **Gefängnisaufseher** gemeint, sondern **Gemeindeleiter**, die Hüter ihrer Herde sein sollen *(= Episkopos)* und damals in der Philipper-Gemeinde die Aufsicht führten.

Ankerpunkt

WAS HAT ES BEWIRKT?

Samuel Lamb *(1924-2013)*
Weil er in China verbotenerweise mehrere Gemeinden gründete, wurde er verhaftet. In seiner Zelle erinnerte er sich an den Vers von Paulus, den er aus dem Gefängnis an die Philipper schrieb: *„Seid um nichts besorgt … Der Friede Gottes, der allen Verstand übersteigt, wird eure Herzen und euren Sinn bewahren in Christus Jesus!“* (**Phil 4,6-7**) Samuel kniete getrost vor seiner Pritsche nieder. *„Meine Frau weiß nicht, wo ich bin. Meine Mutter weiß nicht, wo ich stecke. Meine Gemeinde weiß nicht, was passiert ist, aber du, lieber Heiland, weißt es. Deshalb kann ich ganz zuversichtlich sein!“* Tiefer Friede behütete Samuel. Mehr als 20 Jahre Gehirnwäsche im Straflager konnten seinen Mut nicht rauben und sein Gottvertrauen nicht zerstören. Samuel lernte, *„worin er war, sich zu begnügen“* (**4,11**). Er erlebte im Gefängnis: *„Alles vermag ich in dem, der mich kräftigt“* (**4,13**). So wurde Samuel für viele Verzweifelte zu einem Engel im Elend der Haftzeit.

Ballonflug

WIE KRIEGE ICH DEN ÜBERBLICK?

Freude für Christus zu leben	**Freude gem. Christus zu dienen**	**Freude Jesus Christus zu kennen**	**Freude in Christus zu ruhen**
Jesus ist mein **Leben**. **1,21**	Jesus ist mein **Vorbild**. **2,5**	Jesus ist mein **Gewinn**. **3,8**	Jesus ist meine **Stärke**. **4,13**
*Denn das Leben ist für mich **Christus***	*Sei so gesinnt, wie es **Christus** war*	*Vortrefflichkeit der Erkenntnis **Christi***	*Alles vermag ich in dem, d. m. kräftigt*
Er ist mein **Beistand**. **1,19**	Er gibt **Gemeinschaft**. **2,1**	Er erhebt mich zu **Gott**. **3,3**	Er schenkt mir **Frieden**. **4,7**
Im **Leiden** Christus verherrlichen	Im **Dienen** Christus ähnlich werden	Im **Glauben** Christus gewinnen	Im **Geben** Christi Kraft empfinden
Freut euch mit mir, **Paulus** (**1,12 - 2,18**)	Freut euch an **Timotheus** u. **Epaphroditus** (**2,19-30**)	Freut euch in dem **Herrn** (an **Jesus** selbst) (**3,1 - 4,9**)	FREUDE

Beschnitten am 8. Tag

Vom Geschlecht **Israel**

Vom Stamm **Benjamin**

Vollblut-**Hebräer**

100-prozentiger **Pharisäer**

Radikal-religiöser **Eiferer**

Tadelloser **Musterschüler**

Paulus zählt **7** seiner »alten« Vorzüge auf (**Phil 3,5-6**). Aber er erwähnt genau **49 x Jesus Christus** = **7 x 7**. Wegen der Unübertroffenheit seines Herrn hält er alles das, worauf er früher so stolz war, für Verlust!

Lerne von Paulus!

Wie kann ich heute ***Frust*** *durch* ***Freude*** *ersetzen?*

Uuups

WAS WIRD OFT MISSVERSTANDEN?

Als einen Raub achten **(2,6)** Der Herr Jesus hat nichts *(wie z. B. Adam und Eva die verbotene Frucht)* unrechtmäßig an sich gerissen, sondern – ganz im Gegenteil – hat etwas freiwillig losgelassen: seine Gottesgestalt.

Satan versprach Adam und Eva: *»Ihr werdet sein wie Gott.«* Das war eine Lüge. Jesus war aber tatsächlich in allem Gott gleich, aber er ließ seine Vorrechte los und machte sich zu nichts.

Ein Räuber umkrallt seine Beute, aber der Herr Jesus gab unseretwegen seinen göttlichen Vorrechte auf und wurde ganz Mensch.

Schattenwurf

WORIN ENTDECKE ICH JESUS?

Phil 2,5-12 ist wie ein *»Trailer«* – eine Art Schnelldurchlauf, der das Leben des Herrn Jesus zusammenfasst. Diese Verse zeigen in ganz knappen Worten die **Erniedrigung** und die **Erhöhung** des Herrn Jesus.

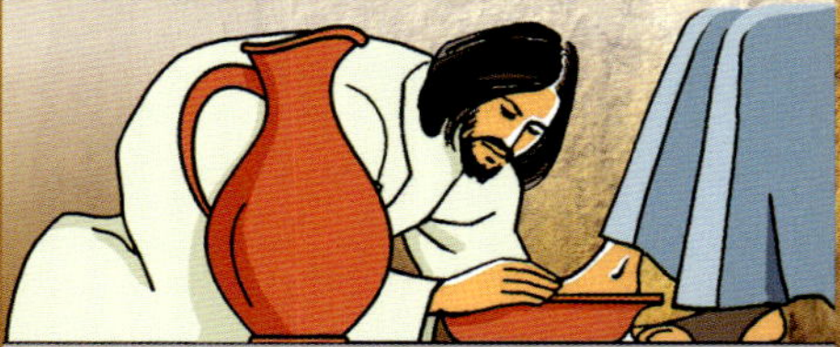

Vergleiche das mit **Mt 23,11-12**: *»Der Größte aber unter euch soll euer Diener sein. Wer sich aber selbst erhöht, wird erniedrigt werden; und wer sich selbst erniedrigt, wird erhöht werden.«*

Checkpoint

WAS HABE ICH BEHALTEN?

Welche Tiere werden im Philipperbrief erwähnt (**3,2**)?

1. *Hunde*
2. *Pferde*
3. *Adler*
4. *Schafe*

Freut euch in dem Herrn allezeit! (**4,4**)

Nach einem Jugendtag zum Thema »Die Gemeinde in Philippi« schickte uns **Sebastian** folgende Reaktion:

„Der Philipperbrief hat mich motiviert, weiter über Einstellungen und darüber, wie ich meine Zeit einsetze, nachzudenken, um mich nicht von kurzfristigen Freuden ablenken zu lassen, sondern immer mehr die langfristige Freude im Herrn zu suchen.

Den Herrn mehr zu erkennen, Ihm ähnlicher zu werden und ein Mann nach seinem Herzen zu werden, hat mich in letzter Zeit immer wieder beschäftigt. Besonders die Lektion, mich mehr in dem Herrn zu freuen, nehme ich als wichtiges Puzzlestück für mein weiteres Leben mit.“

Ankerpunkt

WAS HAT ES BEWIRKT?

Pastor **Jack Arnold** aus Oviedo in Florida/USA hatte schon mehrere Herz-OPs hinter sich. Am 9. Januar 2005 predigte er über die Stelle: *»Das Leben ist für mich Christus und das Sterben Gewinn.«* (**Phil 1,21**)

Kurz vor dem Ende seiner leidenschaftlichen Predigt sagte Arnold seinen 240 Zuhörern: *„John Wesley sagte: ›Solange mein Dienst auf der Erde nicht erledigt ist, bin ich unsterblich. Aber wenn mein Werk vollendet ist, gehe ich, um bei Jesus zu sein.‹ Wir haben nur ein Leben. Wir wollen es für Christus und sein Reich geben, für ewige Werte und zum Ruhm Gottes. Dieses Leben ist bald vorbei. Nur, was wir für Jesus tun, bleibt. Und wenn ich in den Himmel komme …“* Dann stockte er.

Jack brach auf der Kanzel zusammen und starb an einem Herzstillstand. Jack wurde 69 – sagen wir. Gott sagt: *Er bleibt in Ewigkeit!* (**1Joh 2,17**)

Ihr seid das Licht der Welt; eine Stadt,
die oben auf einem Berg liegt,
kann nicht verborgen sein.
Mt 5,14

Wie im Himmel …

die Hauptstadt
Römisches Bürgerrecht

wird stark geprägt und bestimmt durch

So, wie damals **ROM** die gesamte Kunst und Kultur der Kolonien (z. B. Philippi) prägte …

So, wie jeder Bewohner von Philippi wusste: *Eigentlich bin ich ein* **RÖMER**, *auch wenn ich 800 km entfernt in Mazedonien wohne …*
Apg 16,20-21

So, wie damals **PHILIPPI** ein kleines Mini-Rom darstellte, eine Art Tochterstadt, ein »Vorposten« im Ausland …

Die ganze Lebensart einer Kolonie wurde in der Hauptstadt geprägt!

die Kolonie

Wir fuhren von Troas … nach Neapolis und von da nach Philippi, das die bedeutendste Stadt jenes Teiles von Mazedonien ist, eine **KOLONIE**.
Apg 16,12

Gebräuche, die … uns nicht erlaubt sind, da wir **RÖMER** sind. **Apg 16,21**

der Himmel
Unser Anrecht auf den Himmel

hat einen starken Einfluss auf dich und soll abfärben

… so soll unsere Haltung und Hoffnung durch die Heimat im **HIMMEL** geprägt sein.

… so dürfen Christen ganz sicher wissen: *Unser Bürgertum ist in den Himmeln* **Phil 3,20** und *mein Name ist im Himmel angeschrieben!*
Phil 4,3; Lk 10,20

… so bildet heute jede lebendige Gemeinde einen »Brückenkopf« des Himmelreichs in dieser Welt.
Mt 5,14; Gal 1,4

So soll auch unser Haupt im Himmel, der Herr Jesus, unseren Lebensstil prägen!

(Ihr Christen lebt als) unbescholtene Kinder Gottes inmitten eines verdrehten und verkehrten Geschlechts, unter dem ihr scheint wie Lichter in der Welt, darstellend das Wort des Lebens …
Phil 2,15-16

und DU
… so auch auf Erden

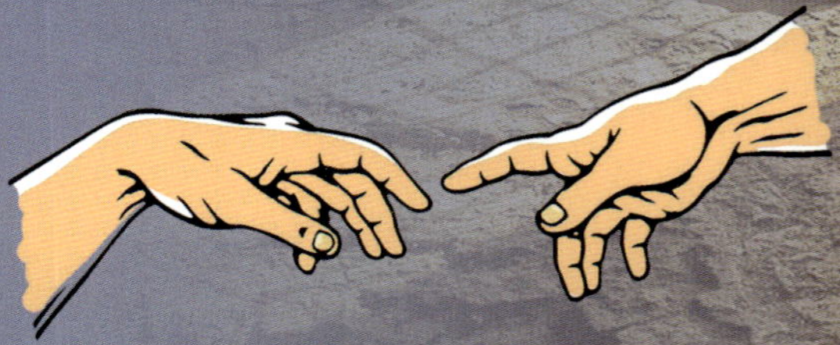

JESUS
PAULUS
TIMOTHEUS
EPAPHRODITUS

Die vier Namen werden immer etwas **länger**, aber dafür kommen uns diese **Vorbilder** als Beispiele in unserer Lebenswirklichkeit Stück um Stück **näher**.

Kap. 1
Freude, für Jesus zu leben

Christus ist mein **Leben 1,21**

Kap. 2
Freude, gemeinsam ihm zu dienen

Christus ist mein **Vorbild 2,5**

GEHORSAM

BIS ZUM TOD AM KREUZ

Kap. 3
Freude, Jesus zu kennen

Christus ist mein **Gewinn 3,8**

Kap. 4
Freude, in Jesus zu ruhen

Christus ist meine **Stärke 4,5**

Spatenstich

WAS WURDE AUSGEGRABEN?

2016 wurde die archäologische Stätte von Philippi wegen ihrer Bedeutung als römische Stadt und älteste christliche Gemeindegründung Europas zum UNESCO-Welterbe erklärt.
Die Ruinenstadt zeigt viele Spuren der frühchristlichen Epoche.

Überreste der berühmten Basilika (= einer frühen Kirche)

Die 2-Euro-Münze aus Griechenland zeigt Ruinen von Philippi.

Kolosser

Jesus ist der Schatz, mit dem man alles hat, was man als Christ braucht. Der Brief zeigt uns die kolossale Bedeutung des Herrn Jesus.

Wir alle nutzen oft **Suchmaschinen**. In einer kleinen Textspalte mit der Lupe musst du nur ein paar Zeichen des Alphabeths eintippen, um alle Artikel über das gesamte Wissen der Welt zu finden.

Ganz ähnlich ist das auch mit

Jesus Christus |

Er ist unser „Grundalphabet“ – tatsächlich das *»A und O«* (**Offb 22,13**). **Jesus genügt**, um auf alle geistliche Wahrheit und Weisheit zu stoßen!

In ihm liegen **alle Weisheits**- und **Erkenntnis-Schätze** verborgen (**2,3**). In ihm wohnt tatsächlich die **ganze Fülle der Gottheit** leibhaftig (**2,9**).

Schriftsteller

WER SCHRIEB DAS BUCH?

Paulus mit **Timotheus** (**1,1**), dem er den Brief offenbar diktiert hat. Denn am Ende des Briefes erklärt Paulus seine Verfasserschaft, indem er die Schlusszeilen eigenhändig unterschreibt (**4,18**).

Der **Kolosserbrief** wurde von den Boten **Tychikus** und **Onesimus** (**4,9**) mit dem **Philemonbrief** überbracht.

Gott ist Licht:

Wir sind befähigt, in seiner heiligen Nähe zu sein.

(Vgl. **1,12**)

Schlüsselstelle

WAS IST DER KERN?

Denn in ihm *(in Christus)* wohnt die ganze Fülle der Gottheit leibhaftig! (**2,9**)

Ballonflug

WIE KRIEGE ICH DEN ÜBERBLICK?

Der Kolosserbrief besteht aus **zwei Teilen** – aus **Dogmatik** und **Ethik:**

Im **1.** geht es um die **Lehre** (**Kap. 1-2**):
In ihm seid ihr zur Fülle gebracht (**2,9-10**)

Im **2.** um die **Lebenspraxis** (**Kap. 3-4**):
… nun tut alles in seinem Namen! (**3,17**)

Glaube an Christus Jesus (**1,4**)
Liebe zu allen Heiligen (**1,4.8**)
Hoffnung auf die zukünftige Herrlichkeit (**1,5**)

Der Kolosser-Brief ist eine Antwort auf die Gefahr durch manche Irrlehren:

Die **Griechen** lieben ihre **Philosophie** (**2,8**) = *Weisheit dieser Welt.*

Die **Juden** hängen an der **Orthodoxie** (**2,20**) = *Gesetzesvorschriften.*

Die **Barbaren** neigen zur **Mythologie** (**2,18**) = *Anbetung von Engeln.*

Stattdessen zeigt dieser Brief die überragende Herrlichkeit der **Person Jesu**. Wer IHN erkennt, für den werden all diese verführerischen Angebote wertlos. In seinem Licht (**1,12**) verblassen alle möglichen glänzenden Ersatzangebote. Deshalb wird sein herrlicher Name in diesem kurzen Brief **24-mal** erwähnt!

Wenn man das **reine Evangelium** mit „höheren Erkenntnissen" *(Gnosis)* **vermischt**, ergibt das ein **gefährliches Gift**. Das beste Gegenmittel ist ein kindliches Vertrauen auf Jesus, denn ER genügt. Wenn seine Fülle unsere leeren Herzen erfüllt, bleibt kein Platz für falsche Zusatzstoffe.

Suche das, was droben ist, wo Christus ist. (3,1)

Gott ist Liebe:
Wir sind versetzt ins Reich des Sohnes seiner Liebe. (**1,13**)

Schattenwurf

WORIN ENTDECKE ICH JESUS?

7 Wesenszüge Christi – Er ist …

das **Ebenbild** des unsichtbaren Gottes (**1,15**)
der **Erstgeborene** der Schöpfung (**1,15-16**)
der **Schöpfer** und **Erhalter** des Universums (**1,17**)
das **Haupt** der Gemeinde (**1,18**)
der **Erstgeborene** von den Toten (**1,18**)
die **Fülle** Gottes (**1,19**)
der **Versöhner** aller Dinge (**1,20**)

Uuups

WAS WIRD OFT MISSVERSTANDEN?

Hat der Herr Jesus einen Anfang?

Nein: Er war schon *im Anfang* da (**Joh 1,1-3**). Jesus *wurde* nicht, sondern er *war* (**Joh 8,58**), weil er ohne Anfang ist (**Hebr 7,8**). Er umspannt Anfang und Ende (**Ofb 22,13**). Er ist *„Vater der Ewigkeit"* (**Jes 9,6**).

Aber steht nicht im Kolosserbrief, er sei *„der Erstgeborene der Schöpfung"*? Der Begriff *Erstgeborener* wird hier als ein Ehrentitel gebraucht. Das bedeutet: Er hat den Vorrang – er ist *„die absolute Nummer eins"*. Vergleiche das mit **Ps 89,28**: *„So will auch ich ihn zum Erstgeborenen machen, zum Höchsten der Könige der Erde."* Eine Geburtsreihenfolge lässt sich doch nicht abändern, aber im Sinne einer Ehrenstellung geht das natürlich auch nachträglich!

Spatenstich

WAS WURDE AUSGEGRABEN?

Einen Triumph halten (**2,15**)

Paulus hat hier das römische Spektakel eines festlichen Triumphzugs vor Augen. Dabei führte ein siegreicher Feldherr die Besiegten samt der Beute bei einer Parade durch die Straßen von Rom (vgl. **2Kor 2,14**).

Relief des Triumphbogens von Titus am FORUM ROMANUM.

Sei einfach dankbar!

Das kommt im kurzen **Kolosserbrief** nicht zu kurz:

(**1,3**) *Wir **danken** dem Gott und Vater allezeit*
(**1,12**) ***danksagend** dem Vater, der uns befähigt hat …*
(**2,7**) *seid überströmend darin mit **Danksagung**.*
(**3,15**) *Der Friede … regiere … und seid **dankbar**.*
(**3,17**) *… **danksagend** Gott, dem Vater, durch ihn.*
(**4,2**) *… wacht im Gebet mit **Danksagung**.*

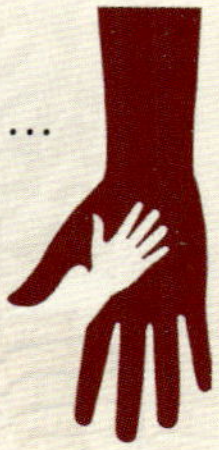

Was bliebe dir, wenn du **morgen** nur mit den Dingen aufwachen würdest, für die du **heute** GOTT gedankt hast?

Das **Christusmonogramm** aus den beiden griechischen Buchstaben **X** *(Chi)* und **P** *(Rho)* ist ein Geheimzeichen der frühen Kirche.

Es sind die ersten beiden Buchstaben von **Χριστός** *(Christus)*. Es ist seit dem 2. Jhdt. bekannt.

Christen verwendeten es oft auf **Inschriften**, um ihren Glauben an den Herrn Jesus darzustellen, und als **Geheimzeichen**, um sich untereinander zu erkennen.

In Christus sind verborgen alle Schätze der Weisheit und der Erkenntnis. (**2,3**)

Beachte die Gegensätze

Die Lehre Jesu

Wahre **Glaubensschätze**
Weisheit + Erkenntnis
(**2,3**)

In IHM ist die Fülle –
in seiner **Person**
(**2,9-10**)

Innere Wirkung
durch den
Glauben
(**2,11-15**)

Die Irrlehre

Falsche **Grundsätze**
überredende Worte
(**2,4**)

Leerer Betrug durch
eine **Philosophie**
(**2,8**)

Äußerlichkeiten
wie Feiertage,
Speisegebote
(**2,16-17**)

Vergleiche dazu **Johannes 8,20**:
Jesus spricht: *Wenn ihr* ***mich*** *gekannt hättet, würdet ihr auch* ***meinen Vater*** *gekannt haben.* Diese Worte redete er in der **Schatzkammer**!

In ihm wohnt die Fülle der Gottheit leibhaftig.
(**2,9**)

Alles in IHM:

Der Herr Jesus ist unsere *Füll*-o-sophie (**1,19**; **2,9**)! Er füllt allen Mangel aus.

Checkpoint

WAS HABE ICH BEHALTEN?

Wer wird ganz am Ende des Kolosserbrief **nicht** erwähnt?

Tychikus und Onesimus (**4,7.9**)
Aristarchus und Markus (**4,10**)
Nymphas u. Archippus (**4,15.17**)
Evodia und Syntyche (**4,19.21**)

Kolosser 4,5

Wandelt weise	*Kauft* ⏰ *aus*
= gute Gelegenheiten schaffen	**= gute Gelegenheiten nutzen**
Bereite geduldig den Boden.	Dann streu gezielte Samenkörner.

Ankerpunkt

WAS HAT ES BEWIRKT?

Horst Marquardt *(1929-2020)* wurde als junger Mann durch den Vers aus **Kolosser 2,8** hellhörig: *„Seht zu, dass euch niemand durch Philosophie und leeren Betrug einfange, gegründet auf die Lehre von Menschen und nicht auf Christus.“* Denn er ließ sich als Teenager für die Hitler-Jugend begeistern. Direkt nach dem Krieg, als die Rote Armee Ostdeutschland besetzte, wurde er Redakteur bei einer kommunistischen Rundfunkstation. Nun wurde er ein glühender Anhänger der Kommunisten – bis er merkte: *Ich habe mich wieder von einer Ideologie einfangen lassen! Ich bin der Partei mehr verpflichtet als der Wahrheit. Zum zweiten Mal wurde ich verführt!* Dann las er die klaren Worte und treffenden Warnungen von Paulus und bekehrte sich zu Jesus. Diese Begeisterung hielt bei Horst lebenslänglich. Horst wurde ein Pionier für christliche Medienarbeit.

2006 kommt **Wolfgang Bühne** von einer Missionsreise aus Honduras zurück und gibt sonntags einen Kurzbericht. Zum Schluss liest er den vorletzten Vers aus dem Kolosserbrief vor: *„Sieh auf den Dienst, den du im Herrn empfangen hast, dass du ihn erfüllst.“* (**4,17**)

Er erklärt das mit einem Beispiel: *„Beim RISIKO-Brettspiel erhält man eine Auftragskarte. Erst wenn dieser Auftrag erfüllt ist, gilt das Spiel als gewonnen!“*

Unter den Zuhörern sitzen **Timo** und **Katja Fischer**, die sich seit Jahren um Gefährdete kümmern. Sie sind dienstmüde und deprimiert. Katja ist schwanger, Timo gestresster Lehrer. Nebenbei leiten sie als Familie eine große WG. Ein Bewohner ist gerade abgehauen. Ein unverschämter Mitbewohner macht ihnen das Leben schwer. Sie können bald nicht mehr. Im Anschluss an die Predigt betet einer für Familie Fischer, die einen anstrengenden Dienst von Gott empfangen haben, dass sie ihn nicht nur erfüllen, sondern dass der Dienst auch sie erfüllt.

Danach erhebt sich Timo und fragt nur: *„Geschwister, ratet mal, was wir gestern Abend zum allerersten Mal gemeinsam mit den Kindern gespielt haben? – RISIKO!“* Dieser Vers aus **Kolosser 4** hat die Familie kolossal ermutigt.

Spezialauftrag

WAS KANN ICH TUN?

(**2,15**) *Jesus hat die Fürstentümer und die […] ausgezogen.*

(**2,2**) *vereinigt in Liebe und zu allem […] der vollen Gewissheit.*

(**1,5**) *von der ihr zuvor gehört habt in dem Wort der […] des Evangeliums.*

(**2,7**) *gewurzelt und […] in ihm und befestigt im Glauben.*

(**4,16**) *so macht, dass auch ihr den (Brief) aus […] lest.*

(**4,9**) *mit […], dem treuen und geliebten Bruder* [**Philm 10**]

(**1,5**) *wegen der […], die für euch aufgehoben ist in den Himmeln*

(**2,3**) *in welchem alle Schätze der […] und der Erkenntnis verborgen sind*

(**1,1**) *Paulus, Apostel Christi Jesu durch Gottes Willen, und […], der Bruder.*

Das gesuchte **Lösungswort** *(diagonal)* ist eine lange verborgene Wahrheit, die nun aber den Gläubigen geoffenbart wurde.

Das Wort kommt viermal im Kolosserbrief vor.

(**1,26.27**; **2,2**; **4,3**)

Antike Grundmauern im heutigen Kolossä

1. Thessa-lonicher

Der Herr Jesus kommt wieder. Rechne jeden Tag damit!

Gott hat Paulus offenbart, wie er seine Kinder zu sich in den Himmel holen wird. Denn die Gemeinde in Thessalonich wurde durch falsche Ankündigungen über die Wiederkunft des Herrn Jesus sehr verunsichert. Paulus klärt in seinen beiden Briefen diese Missverständnisse.

Schriftsteller

WER SCHRIEB DAS BUCH?

Paulus schreibt voller Freude, nachdem **Timotheus** ihm berichtet hat (**3,6**), wie sich die Gemeinde in Thessalonich *(Saloniki)* entwickelt.

Die Neubekehrten sind erst wenige Monate im Glauben, aber ihr Glaube pulsiert und gedeiht. Paulus empfindet den jungen Gläubigen gegenüber so innig wie eine stillende Mutter (**2,7**) oder wie ein junger Vater (**2,11**).

Seine Mitabsender sind **Silvanus** und **Timotheus** (**1,1**). Dies ist der früheste Brief von Paulus, den wir kennen.

Schlüsselstelle

WAS IST DER KERN?

… um seinen Sohn aus den Himmeln zu erwarten, den er aus den Toten auferweckt hat – Jesus, der uns errettet von dem kommenden Zorn (**1,10**)

Herkunft und Zukunft …

Paulus hält in dem Brief nicht nur **Rückschau** (**Kap. 1-3**), sondern er erhält eine **Entrückschau** (**4,13-18**)!

Zunächst werden alle Erlösten entrückt, um später mit Jesus zusammen aus dem Himmel wiederzukommen (**4,16-17**). Über die Frage der Zeitpunkte sollen wir uns nicht streiten!

Ihr seid selbst von Gott gelehrt, einander zu lieben …! (**4,9**)

Ballonflug

WIE KRIEGE ICH DEN ÜBERBLICK?

Meine Zukunft? – Seine Ankunft!

Jedes Kapitel endet mit dem Hinweis:

Der Herr Jesus kommt!

Diese lebendige Erwartung ist …

(**1,10**) ein **Anzeichen** echter Bekehrung
(**2,19**) ein **Ansporn** zur Standhaftigkeit
(**3,13**) ein **Antrieb** zu weiterem Wachstum
(**4,15-18**) ein tiefer **Trost** für Trauernde
(**5,23**) ein **Anreiz** zu praktischer Heiligung

Kap. 1 ***Beachtlich:***
Euer Glaube ist kraftvoll und zieht Kreise.

Kap. 2 ***Realistisch:***
Eure Treue zu Jesus bringt Leiden mit sich.

Kap. 3 ***Erfreulich:***
Euer Glaube wächst und bleibt standhaft.

Kap. 4 ***Tröstlich:***
Eure Toten verpassen nicht seine Ankunft.

Kap. 5 ***Plötzlich:***
Euer Herr kommt für euch nicht als Dieb.

In **Kap. 1,9-10** stehen drei Schritte, die einen Gläubigen auszeichnen:

1. die klare **Abkehr** von allem Falschen und …
2. die **Hinkehr** zu Gott, um ihm zu dienen und um …
3. die **Wiederkehr** unseres Herrn Jesus zu erwarten.

Siehe, er kommt mit den Wolken, und jedes Auge wird ihn sehen … (**Offb 1,7**)

Spatenstich

WAS WURDE AUSGEGRABEN?

Teppichweber oder **Zeltmacher** verdienten ihren Lebensunterhalt am Webstuhl (**1Thess 2,9**; **Apg 18,3**).

Für große Webarbeiten war das meist ein liegender Webstuhl, der von Erdpflöcken gespannt wurde. Auf einem solchen Rahmen konnten Bahnen bis zu 16 m Länge und 60 cm Breite gewebt werden. Paulus war damit stets

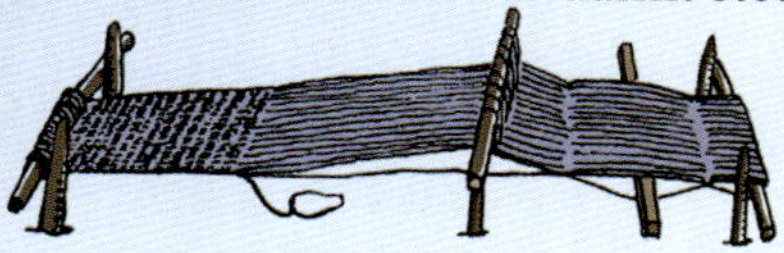

in der Lage, sich selbst zu finanzieren. Er war fleißig (**4,11**), er arbeitete Tag und Nacht (**2,9; 2Thess 3,8**), konnte beim Weben gut beten (**3,10**) oder Gespräche führen – also während der Arbeitszeit Besuch empfangen.

Tarsus in Zilizien, die Heimat von Paulus, war für Ziegenhaardecken bekannt, die für Zelte gebraucht wurden (vgl. **2Mo 26,7; 36,14**).

Heute werden fast nur noch Bürsten und Besen aus Ziegenhaar gefertigt.

Ein Weber bestrich seine strapazierten Finger öfter mit Olivenöl und knotete zerrissenes Webgarn immer wieder kunstvoll zusammen.

Schattenwurf

WORIN ENTDECKE ICH JESUS?

(**4,14**) **Paulus** führt als Beispiel für Himmelshoffnung und Todesüberwindung weder **Henoch** noch **Elia** an, die beide *ohne zu sterben* in den Himmel aufgenommen wurden (**1Mo 5,24**; **2Kön 2,11**; **Hebr 11,5**).

Einzig der **Herr Jesus Christus** ist unser Auferstehungs-Garant. Nur er allein hat die »Schlüsselgewalt« über den Tod (**Offb 1,18**).

Ankerpunkt

WAS HAT ES BEWIRKT?

Hudson Taylor *(1832-1905)*, der große China-Pioniermissionar, hatte ein Prinzip: Er redete über keinen etwas Nachteiliges, der nicht anwesend war. Damit erfüllte er den Wunsch von Paulus aus **1Thess 5,23**: *„Der Gott des Friedens heilige euch durch und durch“* – auch unsere Redeweise! *„Über andere rede ich nur mit Jesus. Üble Nachrede untergräbt die Vollmacht!“*, sagte Hudson Taylor.

Bei einer Freizeit im Herbst 2010 lasen wir **1Thess 5,17**: *„Freut euch allezeit; betet unablässig; danksagt in allem, das ist der Wille Gottes für euch!“* Danach betete der lebenslang blinde **Robert Drasch** aus München: *„Herr, was gibst du uns für ein einfaches Programm, was für eine leichte Aufgabenstellung:* ***1.*** *Freu dich,*

2. *bleib abhängig von mir,*

3. *sei einfach dankbar.“*

Das hat uns Sehende tief beeindruckt! Gottes Anweisungen sind universell und passend für jeden.

Check-point

... BEHALTEN?

Welche Aussage steht nicht in **1Thess 1,9-10**?

1. *Ihr habt euch von Götzen bekehrt,*

2. *um dem wahren Gott zu dienen,*

3. *und seine Gemeinde zu lieben,*

4. *und seinen Sohn zu erwarten.*

Uuups

WAS WIRD OFT MISSVERSTANDEN?

Manchmal liest man: *Eine Wohltat für Körper, Seele und Geist*, oder man müsse *Körper, Seele und Geist in Einklang bringen …*

Aber nach der Bibel ist die **Reihenfolge** genau umgekehrt: *„Er selbst aber, der Gott des Friedens, heilige euch völlig; und euer ganzer Geist und Seele und Leib werde untadelig bewahrt bei der Ankunft unseres Herrn Jesus Christus.“* (**1Thess 5,23**)

Beachte: Für Gott ist unser Geist das Allerwichtigste.

In **Joh 3** hilft Jesus **Nikodemus** aus einem geistlichen Problem
In **Joh 4** hilft Jesus **einer Frau** aus einem seelischen Problem
In **Joh 5** hilft Jesus **einem Mann** aus einem körperl. Problem

Dieser Brief hält, trotz aller Lebenssorgen, die ***Erwartung*** *des wiederkommenden* ***Herrn Jesus*** *lebendig* (**1,3**).

Uuups

WAS WIRD OFT MISSVERSTANDEN?

In einem bekannten **Bibellexikon** folgt auf das Stichwort

Entkleidet werden = *bildlicher Ausdruck für das Ablegen der irdischen Hülle im Sterben*

sofort **Entschlafen** = *bildlicher Ausdruck für das Sterben*

Dazwischen fehlt aber leider ein ganz wichtiger Begriff:

Entrückung = *Der Herr Jesus holt die ab, die an ihn glauben, und nimmt sie zu sich in den Himmel* (**4,17**).

es der Zerstörung preisgibt (Jes. 43, 28; 47, 6; Hes. 24, 21, vgl. 7, 22; Ps. 74, 7; Da. 11, 31). Übrigens werden die Wörter auch auf falsche Heiligtümer angewandt (Hes. 7, 24; Jes. 30, 22). Th. Hermann.

Entkleidet werden. Bildl. Ausdruck für das Ablegen der irdischen Hülle im Sterben, 2 Kor. 5, 4, s. „überkleiden".

Entschlafen. 1) Als bildlicher Ausdruck für das Sterben kommt E. schon im A. T. vor, Ps. 13, 4; 76, 6 (wie auch bei den alten Griechen); das Bild lehnt sich namentlich an das Grab, das wie ein Schlaf-

Schade, denn um genau diese Wissenslücke zu schließen, schrieb Paulus den **1. Thessalonicherbrief**!

Checkpoint

WAS HABE ICH BEHALTEN?

Checke die sieben SONDERN im 1. Thessalonicher-Brief

1. Nicht nur im **Wort**,	N	in **Kraft**, Heiligem Geist und Gewissheit (**1,5**)
2. Nicht **Menschen** gefallen,	R	**Gott**, der die Herzen prüft (**2,4**)
3. Nicht als **Menschenwort**,	E	als **Gottes Wort** aufnehmen (**2,13**)
4. Nicht mehr in **Unreinheit**,	D	in **Heiligkeit** leben. (**4,7**)
5. Nicht mehr **schlafen**,	N	**wachen** und nüchtern sein. (**5,6**)
6. Nicht zum **Zorn** bestimmt,	O	zur **Errettung** durch Jesus (**5,9**)
7. Nicht **Böses** mit Bösem vergelten,	S	nach **Gutem** streben (**5,15**)

Christsein – aber alltagsnah

Paulus macht in **Kapitel 4** zwei Türen auf:

1. die Schlafzimmertür zur **EHE** (**4,3-8**)
2. die Betriebs-/Bürotür zum **JOB** (**4,9-12**)

Überprüfe dich: Lebst du in beiden Bereichen ehrbar = *würdig, achtsam, anständig?* (**V. 4 +12**)

Zu welchem Lebensbereich hat der Herr Jesus bei dir bisher ***keinen Zutritt****?*

Spezialauftrag

WAS KANN ICH TUN?

Wie erkenne ich Gottes Willen? Lies dazu **1Thess 4,3** und **5,18**:

Dort findest du ganz konkret, was Gott von dir will. Nimm dir heute vor: *Daran will ich mich halten!*

(Vgl. dazu das Gebet von Robert; vorige Doppelseite)

GLAUBE • LIEBE • HOFFNUNG

(**1,3**) wir denken an das Werk eures **Glaubens** und die Bemühung der **Liebe** und das Ausharren der **Hoffnung** auf unseren Herrn Jesus Christus,

Glaube, Liebe und **Hoffnung** stehen wie eine große Klammer am Anfang und Ende des Briefes. Sie sind die innere **Grundausstattung** eines Jüngers. Christen hält der feste und unerschütterliche **Glaube**, dass wir aufgrund der unendlichen **Liebe** Gottes in jeder Situation begründete **Hoffnung** haben!

(**5,8**) Lasst uns angetan sein mit dem **Brustharnisch** des **Glaubens** und der **Liebe** und als **Helm** mit der **Hoffnung** der Errettung.

GLAUBE • LIEBE • HOFFNUNG

Das wirkt wie ein Panzer gegen Entmutigung.

So bleiben unsere **Gedanken** (Kopf) und unsere **Gefühle** (Herz) geschützt!

2. Thessalonicher

Halte durch bis Jesus wiederkommt. Er kommt gewiss!

Paulus ermutigt verfolgte und leidende Christen. Sie sollen wachsam sein und durchhalten, bis der Herr Jesus wiederkommt, auch wenn seine Ankunft noch auf sich warten lässt.

Schriftsteller

WER SCHRIEB DAS BUCH?

Paulus (**2,5**) mit **Silvanus** und **Timotheus** (**1,1**). Der 2. Brief wurde offenbar nur kurz nach dem **1. Thessalonicherbrief** geschrieben, denn Paulus hatte noch immer die gleichen Mitarbeiter bei sich, aber aktuelle Nachrichten aus Thessalonich erhalten, die ihn noch mal zur Feder greifen lassen (**2,2**; **3,11**).

Schlüsselstelle

WAS IST DER KERN?

Der Herr aber ist treu, der euch befestigen und vor dem Bösen bewahren wird.
(**3,3**)

Ballonflug

WIE KRIEGE ICH DEN ÜBERBLICK?

Der 2. Thessalonicherbrief
- **ermutigt** die Geprüften (**Kap. 1**)
- **belehrt** die Verwirrten (**Kap. 2**)
- **warnt** die Leichtfertigen (**Kap. 3**)

Auf den **lehrhaften** Teil (**1,2 - 2,12**) zum Thema der **Wiederkunft Christi**

folgt der **seelsorgerliche** (**2,13 - 3,15**) zum angemessenen **Lebensstil**.

Im **2. Thessalonicherbrief** geht es um größere Probleme als im ersten.

Manche Christen dort waren der Ansicht, dass der *»Tag des Herrn«* (die Zeit des Gerichtes über diese Welt) schon hereingebrochen sei.

Paulus erklärt daher, dass jetzige Verfolgungen nicht mit dieser Zeit der Gerichte der Endzeit verwechselt werden dürfen. Diese Endzeitgerichte brechen aber erst herein, nachdem die Verführung durch *»den Sohn des Verderbens«* (**2,3**) stattgefunden hat.

Paulus warnt Christen davor, den Realitätssinn zu verlieren. Die Erwartung der Wiederkunft Jesu darf nicht dazu führen, dass wir lästige Alltagspflichten vernachlässigen.

Spatenstich

WAS WURDE AUSGEGRABEN?

»Ein Brief von uns« (**2,2.15**; **3,14.17**). Zur Zeit von Paulus verschickte man Briefe aus **Papyrus** *(Pflanzenfasern)* oder aus **Pergament** *(Tierhaut)*. Darauf schrieb man mit Feder und Tinte (**2Joh 12**; **3Joh 13**).

*Von den Bibel-Handschriften sind keine Originale mehr vorhanden (= **Urtext**). Dafür besitzen wir umso mehr Abschriften aus allerfrühester Zeit (= **Grundtext**).*

Paulus nutzte ein handschriftliches Erkennungszeichen als Unterschrift (**3,17**). So war für die Empfänger sichergestellt, dass der Brief keine Fälschung war.

Schüler ritzten ihre Buchstaben mit einem Griffel in Holztäfelchen, die mit einer dünnen Wachsschicht überzogen waren.

Spezialauftrag

WAS KANN ICH TUN?

Unterstreiche im 3. Kapitel *»**gebieten**« (= streng anordnen; befehlen)*. Daran wird die Autorität des **Apostels** Paulus ablesbar! (**3,4.6.10.12** = viermal)

Uuups

WAS WIRD OFT MISSVERSTANDEN?

Als die Jünger nach der Himmelfahrt von Jesus weiter in den Himmel starren, sagten ihnen zwei Engel: *„Männer von Galiläa, was steht ihr da und seht hinauf zum Himmel?“* (**Apg 1,11**).

Ähnlich regungslos und daseinsfremd warteten in Thessalonich einige Gläubige auf Jesu Wiederkehr.

In einer übersteigerten Naherwartung dachten sie: *»Der Herr kommt bald. Warum soll ich da noch arbeiten?«* Dabei vernachlässigten sie ihre Alltagspflichten. Paulus sagt dazu klipp und klar: *»Wenn jemand nicht arbeiten will, dann soll er auch nicht essen.«* (**3,10**)

Ankerpunkt

WAS HAT ES BEWIRKT?

Anfang 2021 gab es durch *Covid-19* starke Einschränkungen. Dann kam auch noch ein **Brief des Bürgermeisters**: eine Verfügung, die Gottesdienste größerer Gemeinden unmöglich machte. Zwei Brüder gingen zu ihm, um auf die Unverhältnismäßigkeit und den Gewissenskonflikt von Christen hinzuweisen. Doch der Bürgermeister gab keinen Millimeter nach. Entmutigt kehrten die beiden von dem Gespräch zurück. Genau da schickte ihnen ein Freund die kurze Textnachricht: *»Wir sind euch beiden sehr dankbar, dass ihr das Gespräch geführt habt. ›Wir bitten euch aber, Brüder, … dass ihr euch nicht schnell in der Gesinnung erschüttern lasst, weder durch Geist noch durch Wort, noch durch **Brief**‹* **2Thess 2,1.2.**« Eine Woche später wurden die Verbote zurückgenommen.

Schattenwurf

WORIN ENTDECKE ICH JESUS?

Der Antichrist ist, *wie sein Name besagt,* **das glatte Gegenteil von Christus:**

Im direkten Vergleich leuchtet erst recht die Herrlichkeit von Jesus auf:

Der **Gegen**-Christus ist der Mensch der **Sünde**. (**2,3**)
Er **erhebt** sich gegen Gott; **raubt** ihm die Ehre. (**2,4**)
Er ist voller **Gesetzlosigkeit**, macht, was er will. (**2,8**)
Er **verblendet** durch **Zeichen** und **Wunder**. (**2,9-10**)
Er **verführt** und will ins **Verderben** stürzen. (**2,9-10**)

Hast du „*die Liebe zur Wahrheit angenommen*"? (**2,10**)

Uuups

WAS WIRD OFT MISSVERSTANDEN?

Paulus weist darauf hin, dass in der Endzeit *der Abfall kommt* (**2,3**).

Damit sind keine zunehmden Müllprobleme gemeint, sondern eine krasse Abkehr von Gott und seinem Wort. Auch an vielen anderen Stellen schreibt die Bibel sehr deutlich davon, wie sich die Dinge am Ende der Gnadenzeit entwickeln werden (**1Tim 4,1-3; Hebr 3,12; 2Petr 2,22**).

Kreuzworträtsel zum **2. Thessalonicherbrief**

Auch in Thessalonich war Gottes Volk eine **bunte Truppe**. Löse das Rätsel und du erfährst, wer dort zur Gemeinde gehörte!

(**2,11**) Gott sendet eine wirksame […] des Irrwahns

(**2,5**) […] ihr euch nicht, dass ich dies zu euch sagte?

(**2,3**) Lasst euch von […] auf irgendeine Weise verführen

(**2,8**) der wird verzehrt durch den […] seines Mundes

(**2,3**) es sei denn, dass zuerst der Abfall […]

(**3,3**) Er ist treu, der euch vor dem […] bewahren wird

Ö = OE

Du findest die beiden Lösungswörter senkrecht rot umrandet oder in **Apg 17,4**.

Spezialauftrag

WAS KANN ICH TUN?

Welche besonderen Personen schlossen sich der jungen Gemeinde in Thessalonich an?

DEINE BASISAUSSTATTUNG FÜRS BIBELLESEN:

Bibel, Bibelleseplan und Stifte zum Markieren ...

Originalgröße des Textes

Das Evangelium nach Lukas

Das Lukas-Evangelium wurde etwa 59-64 n. Chr. von Lukas geschrieben, einem Arzt, der ein enger Mitarbeiter des Apostels Paulus war (vgl. Kol 4,14). Es wendet sich vorwiegend an nichtjüdische Leser und zeigt Jesus Christus in besonderer Weise als den menschgewordenen Sohn Gottes voll Erbarmen und Liebe und als Erlöser und Retter für die ganze Welt: »Denn der Sohn des Menschen ist gekommen, um zu suchen und zu retten, was verloren ist« (19,10). Lukas hat diesen historischen Bericht unter der Leitung des Heiligen Geistes auf das Zeugnis der Apostel und anderer Augenzeugen aufgebaut, die er persönlich befragte. Das Lukas-Evangelium enthält die ausführlichste Schilderung der Ereignisse vor der Geburt Jesu Christi und während seiner Kindheitszeit (Kap. 1-3). Es enthält zahlreiche Gleichnisse über Errettung, die in keinem anderen Evangelium erwähnt werden (z.B. vom barmherzigen Samariter, vom reichen Narren und vom verlorenen Sohn).

Vorrede: Das zuverlässige Zeugnis des Evangeliums
Mk 1,1; Apg 1,1-3

1 Nachdem viele es unternommen ha-
ben, einen Bericht über die Tatsachen
abzufassen, die unter uns völlig erwiesen
sind,
2 wie sie uns diejenigen überliefert haben,
die von Anfang an Augenzeugen und
Diener des Wortes gewesen sind,
3 so schien es auch mir gut, der ich allem
von Anfang an genau nachgegangen bin,
es dir der Reihe nach zu ...
vortrefflichster Th...
4 damit ...

10 Und die ganze Menge des Volkes bete-
te draußen zur Stunde des Räucherns.
11 Da erschien ihm ein Engel des Herrn,
der stand zur Rechten des Räucheraltars.
12 Und Zacharias erschrak, als er ihn sah,
und Furcht überfiel ih...
13 Aber der E...
dich nich...
erhört...
wird...
ihm...
14 ...

1 Joh 20,31; 1Tim 3,16; 2Pt 1,16-21
2 *Augenz.* Joh 15,27 *Diener* Röm 15,16; Eph 3,7; Apg 6,4
3 *Theophil.* Apg 1,1
4 Joh 20,31

10 *betete* vgl. Apg 1,14; Offb 8,3-4
11 *Engel* V. 19; Apg 10,3 *Räuchera.* 2Mo 40,5
12 Apg 10,4; Ri 6,22

✔ Mit Überschriften zur Kapitelübersicht, Parallelverweisen, ausführlichem Anhang mit Sach- und Worterklärungen und **farbigen Karten**

Schlachter 2000 Bibel Taschenausgabe mit Parallelstellen
mit Halbleinen-Einband

Hardcover, 1440 Seiten, 12,5 x 19,4 cm
Artikel-Nr. 256031

Stifte-Set von Staedtler mit Bibelversen
Artikel-Nr. 255999300

Ideal für Bibelarbeit und Bibelstudium.
Sehr hochwertig, praktisch, zum Hinstellen.

- ✔ Fineliner ●
- ✔ Kugelschreiber ●
- ✔ Druckbleistift mit Radierer
- ✔ Textsurfer ●

Einfach freirubbeln!

CLV-Bibelleseplan
Artikel-Nr. 255999704

WEITERE KINDERBÜCHER VON ANDI FETT

Kinderbuchreihe »Limm & Nies«

FeseLutter
Band 1

Taschenbuch, 80 Seiten
Artikel-Nr. 256164

TackelFräger
Band 2

Taschenbuch, 80 Seiten
Artikel-Nr. 256179

NeihWachten
Band 3

Taschenbuch, 80 Seiten
Artikel-Nr. 256185

BaschenTuch
Band 4

Taschenbuch, 80 Seiten
Artikel-Nr. 256188

SuckDRachen
Band 5

Taschenbuch, 80 Seiten
Artikel-Nr. 256189

STeseLoffe
Band 6

Taschenbuch, 80 Seiten
Artikel-Nr. 256190

BiegelSPilder
Band 7

Taschenbuch, 80 Seiten
Artikel-Nr. 256191

WaturNunder
Band 8

Taschenbuch, 80 Seiten
Artikel-Nr. 256192